ROMAGOSA

Una historia imperfecta

Cuadrado, Jorge
Romagosa : una historia imperfecta - 1a ed. - Córdoba:
El Emporio Ediciones, 2006.
v. 1, 254 p. ; 14x21 cm.

ISBN 987-1268-23-8

1. Narrativa Argentina. I. Título
CDD A863

Fecha de catalogación: 20/11/2006

1a Reimpresión
Diciembre 2006

(c) El Emporio Libros SA
9 de Julio 182 - X5000EMD
Córdoba, Argentina
Tel. 54 - 351 - 4117000 - 4253468 - 4245591
email: editorial@emporiolibros.com.ar

Diseño de portada: Miguel De Lorenzi y Damián Frossasco.

Hecho el depósito que marca la Ley 11723
ISBN: 987-1268-23-8

Impreso en Córdoba, Argentina
Printed in Córdoba, Argentina

JORGE CUADRADO

ROMAGOSA

Una historia imperfecta

**El Emporio
Ediciones**

A Daniela y Alexis.
A Raúl, Marta y Víctor.

Voy a mencionar un nombre prohibido. Debí hacerlo tiempo atrás, cuando contar la historia de Romagosa hubiese sido un acto de heroísmo. Hoy es sólo una forma de ocultar mi desidia.

La idea de escribir no me pertenece. El Gallego –así me comprometí a llamarlo– vino a verme un día de mil novecientos diez, hace casi treinta años, y me pidió que no siguiera escondiéndome. "Tenemos que trabajar rápido. La enfermedad va a matarme de un momento a otro", me dijo.

Cuando acepté, se sentó en la mecedora de su biblioteca y dictó el preámbulo: "Esta historia cuenta sobre matar y morir. Parece suficiente para que alguien la rescate y sin embargo no lo es. Con frecuencia, cuando la muerte quiere decir algo, los vivos hacen lo imposible por callarla. Nuestro deber es abortar esa confabulación. Y si algún escritorzuelo del futuro usara nuestro trabajo y la sangre de las víctimas para escribir su nombre, lo mismo habría que darle la bienvenida. El revoloteo de las aves carroñeras sigue siendo mejor que el silencio. No me alienta un propósito redentor. Me basta con dejar mi testimonio y que nadie tenga excusas para olvidarlo."

El objetivo de completar dos o tres capítulos cada semana fue impracticable. Usábamos recortes de periódicos, diarios de viaje, discursos, pero la insistencia del Gallego en recurrir a su memoria nos metía en callejones sin salida. A menudo se tomaba largos minutos para recordar colores o aromas y por lo general terminaba dándose por vencido. "Lo que uno no recuerda, no existió", decía, y me hacía tachar páginas enteras.

En algún momento, habrá sido cuando me di cuenta de que no tenía otra manera de escaparme, abandoné el proyecto. Ahora sería fácil decir que me arrepiento, muy fácil, pero la verdad es que ninguna de las mil veces que pasé frente al baúl donde guardaba los escritos sentí el menor remordimiento. Hasta hace unos meses, claro.

Alguien dirá que si el trabajo me llevó tres décadas es porque he fracasado. Me permito dudar. Suele ser tan larga la historia, que hasta mi demora podría resultar provechosa. No para mí, por supuesto. Yo ya no cuento.

Afuera, mientras algunos se apiñaban para darse ánimo, otros aprovechaban la confusión y cruzaban a la Plaza del Caballo a improvisar teorías. Hasta que se abrió la puerta y un policía preguntó por los familiares. El Gallego dudó, y por instinto levantó la mano.

—¿De ella o de él? —dijo el agente.

Encogió los hombros. La pregunta lo había alterado.

—De él —contestó.

La casa olía a pólvora y humedad. La policía, la asistencia pública, todos corrían. Fue extraño, pero por un instante lo invadió una sensación de calma, de drama concluido, hasta que otro hombre de azul le dijo que no podía quedarse ahí parado.

—¿Cómo estaban cuando los encontraron? —le preguntó el Gallego.

–Los dos tirados en la cama. Completamente vestidos, si es lo que quiere saber. ¿Usted quién es?

El Gallego se irguió todo lo que pudo, hasta que el mentón le quedó a la altura de la nariz del otro, y le respiró en la cara.

–¿Y usted?

–Comisario Sosa, señor. ¿Viene a reconocer el cuerpo?

Retrocedió un paso mientras le abrían la puerta de la habitación adonde habían trasladado el cadáver de Romagosa y supo que era tarde para no mirar. La sangre que todavía le brotaba del pecho le manchaba la camisa de seda y el pantalón de alpaca. El único que le quedaba.

–Le sacamos el moño porque creíamos que respiraba –dijo el comisario–. En el saco tenía estampillas de cinco centavos, dos quintos de lotería y una caja de fósforos.

El Gallego apenas si lo escuchó. La escena le parecía natural. Lo que tenía bajo sus ojos bien podía ser un cuerpo enfermo o alguien dormido. Una muerte a la que creía conocerle los significados. Un libro leído cien veces.

–Y bien, ¿lo reconoce? –preguntó Sosa.

–Por supuesto –dijo, y salió de ahí.

En el pasillo casi choca con el menor de los hermanos. Quedaron demasiado cerca uno del otro, sin distancia para cotejar el dolor. Ernesto lo abrazó y le puso un sobre en el bolsillo, pero no hablaron. Cuando el Gallego reaccionó, cuando se dio vuelta para decirle que lo sentía y lo vio meterse en la pieza, tuvo náuseas por primera vez.

En la cocina, mientras se reponía con un vaso de agua, escuchó las justificaciones de las empleadas de la casa.

–Por la Virgencita que nos protege –dijo una de ellas–, le juro que ni vimos entrar a la niña. Y al señor se lo veía lo más bien, si hasta comentó la muerte del pobre Palomita así como sabía comentar él las cosas, echándole la culpa al gobierno.

–¿Vino algún pariente de ella? –preguntó el Gallego.

–El doctor, por desgracia.

Luego de un par de minutos, Martín Ferreyra salió de la habitación principal diciendo que su sobrina todavía respiraba: "Perdió masa encefálica. El hijo de puta hizo las cosas bien". El Gallego tuvo ganas de escupirle la cara. Por el insulto, por el diagnóstico, por los años partidos a balazos, pero le dio una palmadita en la mejilla y encaró hacia la puerta de salida. Un rato después, entre decenas de curiosos, vio cómo sacaban en camilla a María Haydée, para que muriera en su propia cama, como pidieron sus padres. La noche se cerraba y era imposible tolerar el frío.

A la mañana siguiente volvió a la casa y se sentó en el quicio de la puerta, de cara al monumento. Las hojas de los árboles cubrían las rejas del cerco y creaban la ilusión de que el General y su caballo eran libres y que su suerte dependía sólo de su voluntad. ¿No era eso la muerte acaso, un sueño eterno de libertad? Le tocaron el hombro. Era un cura joven y calvo con el cuello del hábito bien apretado.

–La mayoría quiere enterrar a Romagosa en el cementerio de disidentes –dijo.

–¿Y cuál es el delito que se le imputa?

–El de pecador contumaz.

Remontaron la Calle Ancha mirándose de vez en cuando, en medio de la bruma de la ciudad. Cuando subieron las escaleras del Arzobispado y el Gallego reparó en que el curita se persignaba, lo imitó con torpeza. Después atravesaron varias puertas hasta llegar a la sala en la que debatían los clérigos. De pie contra la ventana, esperaba el obispo.

–Lo hemos llamado para evitarle esta discusión a

la familia –dijo.

El Gallego se sentó en la cabecera. El cura de su izquierda sacudió los hombros y tomó la palabra. No pasaba los treinta y arrugaba la nariz como un bisonte. Habló sin mirarlo, sin concederle más derechos que atender y difundir.

–Estamos ante sucesos delictuosos. Un profesor y una alumna en...

–Ex alumna –interrumpió el Gallego.

–...en una escuela que presume de sustituir la moral cristiana por la moral mundana, y ¿cómo terminan?, espantando al mundo de un modo perverso. Retengamos la escena: un hombre turbado y una mujer que no es la suya yacientes en el mismo lecho. Ha habido pocos agravios como éste.

–Enterrar a los muertos es un acto humano –dijo el Gallego.

El curita levantó el índice, listo para la réplica, pero el obispo tosió y besó el Cristo de su cadena.

–Victorias, derrotas... –dijo, mientras caminaba alrededor de la mesa–, la vida nos demuestra a cada momento que lo trascendente no es la tierra ni el exiguo tiempo en que estamos sobre ella. Los raptos de locura, los actos precarios de los hombres en su afán de imitar a Dios, tienen un color imperceptible a los ojos de la eternidad. Y ninguno de nosotros está seguro de cómo fueron las cosas, ¿verdad?

Después le pidió al Gallego que se quedara tranquilo, que ellos rezarían por el alma de los muertos, y que no le diera importancia a las cosas que saldrían en los periódicos, que las tomara como meros arrebatos de la pasión.

Durante días, los diarios católicos publicaron sermones justicieros: "Consecuencia funesta de la escuela sin Dios", "Una vergüenza que se ha revelado a los ojos de todos", "Obra de un loco pero jamás de un héroe".

Todavía tengo presentes las carcajadas del Gallego cuando contaba que a varios de esos redactores solía encontrarlos en los prostíbulos, esperando el turno en algún rincón, o eligiendo a las chicas por el tiempo de uso. Hoy, a la distancia, pienso que le importaban poco las hipocresías ajenas, y que se reía para expiar sus propios pecados.

A Romagosa lo enterraron durante la siesta de aquel sábado. Cuando el séquito, que se dividía entre quienes perdían los pedazos y quienes los acopiaban, entró al cementerio, las campanas de la cripta no doblaron y el murmullo se hizo notorio. El Gallego pensó que mirándolos de frente lograría silenciar a todos, pero cuando quiso hacerlo lo detuvo el enviado del gobernador.

–No nos esperábamos semejante desgracia.

–Me imagino, estimado amigo, me imagino –dijo el Gallego–. De todos modos se ha producido. Y eso es lo que importa.

Tuvo que dar pasos largos para superar la caravana y llegar antes de que bajaran el cajón. Habían cavado el pozo a una distancia considerable del panteón familiar, en los límites del predio, un lugar propicio para que los orilleros pudieran mirar, asomados sobre el cerco. Les gustaba ser testigos de los entierros, sentirse cerca de penas menos gastadas que las suyas, entender las distintas categorías de muertos que se establecían.

Después del mezquino responso del cura, le tocó el turno al Gallego. Se sintió solo, con muchas dudas sobre el privilegio que le habían otorgado, ignorando la clase de verdad que debía decir. A punto estuvo de eludir el encargo, pero el hermano menor le clavó la mirada y no se la quitó hasta verlo sacar los papeles del bolsillo.

–Nunca he visto llorar a Carlos Romagosa –leyó–. Puede que haya venido al mundo incompleto, desprovisto de llanto, inadecuado para la piedad. Me pregunto si seremos capaces de concedérsela igual.

Por momentos sintió que había escrito el texto tiempo atrás, cuando no tenía que rascar demasiado para encontrar el dolor.

–Tuvo el final estrepitoso que propiciaron los murmullos y los silencios –siguió–. ¿Habrá alguien capaz de descifrar el mensaje o dejaremos su muerte a merced de la ingratitud y el olvido? Amigos, ha muerto un hombre que veía la vida con otros ojos. Con los que yo hubiese querido verla. Con los que me hubiera gustado encontrar el mundo que él ya no puede buscar.

Le pareció que la gente se desconcentraba como si saliera del teatro. Llevaba años pensando que no iba a irritarse por los cuentos que se lanzarían a las calles, pero cuando escuchó al enviado del gobernador decir que todos los días moría alguien queriendo ajustar cuentas con el universo, se abalanzó sobre él. Mientras caían al suelo, el Gallego imaginó que lo haría masticar el mismo polvo del muerto hasta que escupiera la última gota de veneno, pero no tuvo suerte: quedó de espaldas, mirando cómo el otro se incorporaba y se sacudía la ropa.

–Un tropezón –tuvo que decirle desde el piso.

Los padres de Romagosa lo subieron al landó y le pidieron que pasara la noche en su casa. De la escaramuza no dijeron nada.

–¿Dejó algo más que esa nota? –preguntó la madre. Al Gallego le costó mentir.

–No, que yo sepa.

–¿Vas a ir al entierro de María Haydée?

–Sí. ¿Y vosotros?

–No creo que sea pertinente.

Sintió que doña Delfina le reprochaba algo y no estaba seguro de que fuera justo. Su presencia en el sepelio de María Haydée también podía considerarse un gesto de cortesía. Pero no era momento para confrontar, así que bajó la cabeza y aceptó el reclamo. Cuando llegaron a la casa, pidió permiso y se retiró a la habitación. En la cama trató de encontrarle alguna utilidad a su presencia y en el limbo que precede al sueño vislumbró lo que estaba pasando: si las muertes habían dicho algo, él tenía que convertirse en su intérprete. El balazo que partió el corazón de Romagosa le había dejado un trabajo.

La familia desayunaba cuando se levantó.

Quizás por la afectación con que lo atendieron, tuvo la impresión de que su asistencia al funeral no había sido aprobada, al menos no por unanimidad.

–En quince minutos parte el cortejo –le dijo don José–. Has de necesitar un coche.

–Gracias, iré andando.

Era una mañana diáfana y fría. Caminó despacio, para llegar tarde, pero cruzó al cortejo en la zona de los burdeles, justo para ver que al paso del coche fúnebre se abría una puerta amarilla y en unos instantes cerca de media docena de mujeres se asomaban a curiosear. Cuando llegaron al cementerio, el Gallego comprobó que había más gente que el día anterior, y más pañuelos. Las Damas de la Providencia tutelaban las habladurías, jactándose de haber alertado sobre el riesgo de los "espíritus frívolos y los romanticismos ridículos". El Gallego las aborrecía: mujeres guardadas en la casa, protegidas de las desdichas de la vida social, tan felices ellas, tan insatisfechas. Se pararon alrededor de la tumba, a escuchar la oración en primera fila. Cuando terminó de decirla, el cura preguntó por el encargado de las palabras finales y la madre de María Haydée tomó la palabra.

–Les pido a los que todavía están vivos –dijo–, que

dejen la mención de su nombre a nuestras plegarias.
Eso fue todo. El viejo Tristán Bustos le besó la
frente, acarició el ataúd de su hija y mandó a que la
enterraran. El Gallego se había refugiado a varios
metros, bajo la sombra de un molle, tratando de pensar en nada. El gobernador fue a saludarlo.

–Me hablaron de su emotivo discurso de ayer.
Me temo que estamos ante una tragedia inmensurable.

El Gallego le agradeció con una mueca y esperó
que se fueran todos para acercarse a la tumba. *María
Haydée, flor tronchada en el apogeo de su hermosura,
cuando las ilusiones parecían remontar vuelo...* No quiso
seguir leyendo. Se agachó a besar el retrato y al
levantarse encontró a la madre. A la señora Evelina
Ocampo no pareció importarle esa expresión balbu-
ciente, casi genuflexa con la que el Gallego le pedía
disculpas, o le importó y ya acumulaba demasiadas
preguntas sin responder. Lo cierto es que hizo una
seña para que se corriera, dejó un clavel rojo sobre la
lápida y se fue sin decir nada.

–Volví a soñar con Castelar –le dijo Romagosa al Gallego–. Tenía una barba larga y blanca y arengaba desde lo alto, y con su arenga se agrietaba el mundo y de las grietas brotaban más palabras y de cada palabra un hombre libre. No sé cuánto tiempo estuve escuchándolo, pero no quería despertarme, quería meterme en las hendiduras, y ayudar a que no quedaran hombres, ni palabras, sin escapar.

Romagosa cambiaba de fisonomía cuando hablaba de Castelar. Su voz se volvía áspera y era imposible seguirle el rastro a sus ojos. No dejaba de mencionarlo en su casa, ante sus compañeros de estudio, frente a los clientes del almacén de su padre. Así había conocido al Gallego, dando cátedra sobre la libertad mientras llenaba un tarro de azúcar. Fue aquel intercambio de mercancías el que los hizo amigos. Romagosa aportaba las ideas, la pasión, y el Gallego lo presentaba en lugares a los que jamás habría accedido por sí mismo. "Este es mi diamante en bruto, mi pequeño Castelar", decía, seguro de que así, alardeando, podía obtener algo de la vida. Andaba por los dieciocho, igual que Romagosa, pero las pocas certezas que tenía eran tan endebles que necesitaban de alguien que las sostuviera.

El Gallego le rogó a su hermano que ayudara a Romagosa a viajar a España.

–¿O apostar por un joven talentoso no es también un modo de invertir? –preguntó. Antonio pareció interesado.

–Si su orgullo no le impidiera aceptar mi dinero, lo aportaría con gusto –dijo.

Antonio no podía entender que hubiera que inventar una treta para cumplirle el sueño a Romagosa. Pero el Gallego conocía los límites de su amigo y machacó con la idea de camuflar el aporte hasta que obtuvo la venia. Después de días de elucubraciones, concluyó en que había que llevar a Romagosa a la Plaza Mayor y allí, en medio de una conversación casual, un hombre de Roca contaría que estaban reclutando cuadros políticos para viajar a Europa.

–Consigue el cómplice –le dijo a su hermano–, es todo lo que te pido.

El plan marchaba, y marchaba bien. La invitación al paseo dominguero no había despertado sospechas y esa tarde, sea porque la banda tocaba una sonata de Albinoni o porque las mujeres abusaban de sus tobillos al aire, Romagosa estaba de excelente humor. Al Gallego igual lo consumían los nervios. Pese a la llegada del grandote de traje blanco, algo le decía que las cosas no iban a funcionar. Y estaba en lo cierto. El tipo no sólo se despachó con una perorata ajena al tema que supuestamente habían acordado sino que ignoró a Romagosa por completo.

–¿Es que no te has fijado que somos tres? –le preguntó el Gallego, cuando perdió la paciencia.

El grandote dio un giro y miró a Romagosa por sobre el hombro.

–Ah, vos, el predicador sin origen.

Acomodó la boca para completar un párrafo pero el Gallego no le dio tiempo. Le pegó tal trompada en el estómago que lo dejó arrodillado en las escalinatas de la Catedral. Ninguno desconocía que al matón le sobraba espalda para devolvérsela, y sin embargo usó otro recurso.

–Lo mío tiene cura –dijo.

El Gallego giró la mirada hacia Romagosa y le vio en el cuello las marcas de la impotencia. No era la primera vez que le soltaban en la cara un agravio semejante y su reacción había sido siempre la misma: mantener los ojos en su órbita, apretar los puños y tragar. Sin embargo, no fue la rabia amontonada de Romagosa lo que paralizó al Gallego, sino el temor a la reacción de su hermano, la reprimenda que le esperaba por hacer todo como de costumbre, a los arrebatos, sin medir las consecuencias. Por eso hizo un gesto de alivio cuando supo que no le había pegado al cómplice sino a un conocido cualquiera que acertó a pasar por allí.

–La estrategia sigue en pie –dijo.

–En pie una mierda –le contestó Antonio–. Ahora irás y se lo dirás sin rodeos.

Obligado a acatar la orden y al mismo tiempo a no azuzar el orgullo de Romagosa, le dio mil vueltas al asunto hasta que encontró entre sus libros el discurso en el que Castelar reclamó a viva voz la libertad religiosa. Le hizo poner tapas de cuero y grabarle en oro el nombre del autor, y cuando lo tuvo listo lo mandó a llamar.

Romagosa se presentó en casa de los hermanos con los tiradores flojos y el bigote algo cómico. El Gallego se rió un poco, se compadeció, le envidió la inocencia y lo hizo sentar en el centro del living. Después estiró como pudo ese instante tras el cual no tendría en sus manos el destino de nadie. Pero mientras siguiera acercándose al armario en que guardaba la encuadernación, mientras pudiera leer el discurso de Castelar sin detenerse, estaría a salvo: "No ha sido posible constituir una sola nación –leyó–. La idea de variedad y de autonomía de los pueblos ha vencido a todos los conquistadores. Tampoco pudieron crear una sola religión. La idea de la libertad de conciencia ha vencido a los Pontífices". Cuando llegó a este punto, se convenció de que su voz tenía un límite y se detuvo.

–Sigue leyendo tú –dijo–, hace falta pasión.

Romagosa se paró y tomó el libro como a una criatura: "Grande es Dios en el Sinaí; pero hay otro más grande todavía, el humilde Dios del Calvario, clavado en una cruz, y sin embargo diciendo: ¡Padre mío, perdónalos, perdona a mis verdugos, porque no saben lo que hacen! Grande es la religión del poder, pero es más grande la religión del amor; grande es la religión de la justicia implacable, pero es más grande la religión del perdón misericordioso; y yo, en nombre del Evangelio, vengo aquí a pediros que escribáis en vuestro código fundamental la libertad religiosa, es decir, libertad, fraternidad, igualdad entre todos los hombres".

Antonio palmeó al Gallego en el hombro y los dos aplaudieron.

–Ambos saben lo que deseo estar en las Cortes –dijo Romagosa–, escuchar sus introducciones de catedrático de Historia, sentirlo vibrar con la emotividad de Cicerón.

–Nosotros también lo deseamos –lo interrumpió Antonio.

–Hay algo más que esto –agregó el Gallego–. Pretendemos que viajes a España y le conozcas personalmente. Que aprendas de él lo que no puede aprenderse leyendo. Te haríamos un préstamo, a devolver de la manera que dispongas.

Romagosa no respondió. Miró a los hermanos como si acabaran de atravesarlo con una daga, bebió una copa, y otra, y una tercera, releyó algunos párrafos del discurso que le acababan de regalar y dijo que jamás conocería a Castelar, que nunca sería nadie, que no se podía cagar más alto de lo que daba el culo.

Se sirvió el último trago y le pidió al Gallego que lo acompañara al prostíbulo. En el camino tampoco habló una palabra. Llegó, se desplomó sobre uno de los sillones y agitó las manos como si pretendiera tener a todas las mujeres. Nadie en el salón ignoró el aspaviento. La madama le hizo señas a las dos chicas más próximas. Una de ellas, que vestía como todas pero que no se sentó como su compañera en una pierna de Romagosa, se quedó mirándolo. Tenía la tez muy blanca y no necesitaba pintarse la boca. Quizás fuera ése el rasgo que lo atrajo, porque se sacó a la otra de encima y estiró las manos para que Krystina lo ayudara a levantarse. El Gallego llegó a saber que la cosa no había terminado esa noche, que Romagosa la había visitado más de una vez y que hasta llegó a pedirle que abandonara el trabajo. Nunca logró arrancarle una palabra.

De todas maneras, seguía siendo el rechazo de Romagosa a la oferta del viaje lo que más lo angustiaba. Antonio no había dejado de cobrarle el desprecio como si hubiese sido responsabilidad suya, y no estaba seguro de que no tuviera razón. Así que durante los meses siguientes, al Gallego no le quedó otro remedio que dedicarse a enderezar su propia vida. Fracasó, por supuesto. Volvió a malgastar energías en el estudio del proteccionismo económico y a desperdiciar ocasiones de conseguir una mujer como Dios manda. Se convenció entonces de que una sombra no podía existir por sí misma y con esa misma crudeza se lo dijo a Romagosa el día en que volvieron a encontrarse:

–Soy incapaz de hacer nada solo.

–Quizás lo que voy a decir te haga cambiar de opinión –dijo Romagosa.

Fueron juntos a la conferencia que Eduardo Wilde daba en el Café Central y terminaron celebrando como chicos el ímpetu con el que el ministro de Instrucción de Roca fustigó a la educación religiosa. Caía la tarde cuando salieron. Los faroleros encendían las mechas a desgano y el carro regador directamente no había pasado. Entre la penumbra y el polvo, Romagosa anunció que iba a viajar. Al Gallego se le iluminaron los ojos.

–Ya sabes que tienes un préstamo concedido –dijo.

–Sólo necesito un amigo en la capital.

El Gallego tuvo que reconocerme que se sintió tan feliz que hasta se animó a enfrentar a su hermano y recordarle su promesa de ayudar. Fue Antonio, una vez más, quien consiguió el alojamiento en la capital. "A Romagosa se le habían terminado los pretextos –me dijo el Gallego– y a mí el tiempo de sentirme útil".

Es cierto que Romagosa había visto sufrir demasiado a su madre como para desentenderse de la angustia que le causaría su despedida, es cierto que una lágrima suya lo haría trastabillar, pero el desafío con su padre era de tal magnitud que no podía desperdiciar la ocasión de enfrentarlo, aun a costa del padecimiento de la única persona a la que verdaderamente había querido.

Solía acordarse de que Don José le había enseñado de chico a jugar ajedrez. Aprendió rápido, y aunque ninguno de los juegos de su padre le resultaban placenteros, apenas salió de la niñez se creyó en condiciones de proponerle una partida de igual a igual. Como a don José le tocaron las blancas, para devolverle la iniciativa abrió con peón caballo rey. Era una jugada pacífica y sin dudas expectante.

–Usted insiste en subestimarme –dijo Romagosa y se levantó de la mesa.

Pese a que no volvieron a jugar en mucho tiempo, don José nunca renunció a la rutina de su juego preferido. Terminaba la cena, esperaba que sus hijos se retiraran, que su mujer empezara a lavar los platos y sacaba las piezas del aparador de la sala. Sabía que Romagosa lo espiaba pero fijaba la vista en el tablero y no se levantaba hasta sentirse agotado de tanta batalla contra sí mismo. "En el ajedrez –le escuchó decir Romagosa un día– tampoco estamos seguros de cuándo han comenzado a derrotarnos ni de cuándo debemos abandonar".

La tarde del anuncio de su viaje volvió a desafiarlo. Don José lo miró con más satisfacción que sorpresa, tomó un peón de cada color, jugueteó con ellos en su espalda y luego, como sucede entre jugadores de la misma talla, le mostró los puños.

–Elija.

Romagosa se sentó al comando de las blancas y como jugador franco que era movió el peón a cuatro rey. Los dos conocían bien la apertura, pero Romagosa quiso sorprender. En la cuarta jugada cambió su alfil y en la quinta comió con el caballo el peón central.

–Es un ataque grosero, Carlos –dijo su padre.

–Me voy a España. Quiero tener mi lugar en la

historia.

Don José había ganado decenas de partidas iniciadas con esa apertura y ante rivales más experimentados. Sabía que su hijo no sobreviviría a su contraataque más que un par de jugadas. Tomó la dama, la levantó y dijo:

—No puede irse justo cuando el gobierno inicia la última ofensiva por la libertad.

—La libertad no es asunto de un gobierno.

Don José levantó la vista hasta encontrar a su esposa apoyada en la puerta de la cocina, apretada entre el marco y el vientre en el que llevaba a su sexto hijo. Era imposible no acobardarse ante ella, ante esos ojos aindiados que no dejaban de brillar.

—Sepa que las cosas no vuelven a ser las mismas después de la ausencia —dijo Delfina. Se secó las manos en el delantal y volvió a su trabajo. Don José apretó la dama con más fuerza todavía y salió tras ella.

Pasaron unos diez minutos. Romagosa pensó en varias maneras de arrepentirse por su forma de encarar las cosas, pero apareció su padre, volvió al tablero e inclinó el rey.

—Vaya a por su Castelar. Y prométanos que no va a privarnos del nuestro.

"Cuando logró sacarse de encima el peso de sus padres –me dijo el Gallego–, fueron sus hermanos los que ejercieron el derecho a oponerse". Fernando, que por entonces tendría seis o siete años, fingió una enfermedad. Durante el sueño deliraba y pedía que Carlos no se fuera, y el médico de la casa recomendó aislarlo por si se trataba de una peste. El Gallego fue consejero de ambas partes. De Romagosa, que se quería ir de todos modos, y de los hermanos, que solicitaban nuevas ideas para continuar la treta. Y como ciertas plumas que escriben críticas al gobierno y luego, usando la tinta del poder, publican la réplica, se convirtió en refutador de sus propias estrategias. La disyuntiva era: si no mentía, traicionaba. Por fortuna para él, Fernandito apareció una madrugada en la habitación de Romagosa con una lámpara de aceite en la mano y le prometió curarse si no se iba. El Gallego creía recordar que a Romagosa no lo había conmovido la escena, que según él se trataba sólo de un niño que estaba jugando, pero quince días después todos lo vieron correr de un lado a otro de la estación, prometiendo regresar cuanto antes. Aquella siesta, con el tren a punto de partir, le pidió al Gallego que lo ayudara a cruzar una línea, y el Gallego, que al principio no entendió el significado de la frase, le contestó que a él no le iba muy bien haciendo eso. Después se dio cuenta de que su amigo no hablaba de putas sino de océanos, de distancias sin vuelta atrás, de recuerdos nuevos. "Voy a contarte una historia –le dijo Romagosa antes del último silbato–. Tienes que saber a qué atenerte cuando hablan de mi origen".

Doña Delfina había salido al patio porque el calor traspasaba el barro y la jarilla y se había sentado a la sombra de un algarrobo, a aliviarle la fiebre al niño que Romagosa era por entonces. Don José llegó en carreta, unas horas después, diciendo que tenía que sacarlos de la ciudad.

En el camino los fue poniendo al corriente. El caso de cólera que una semana atrás había anunciado un tal doctor Cuestas se había convertido en epidemia. Las iglesias se atosigaban de gente pidiendo ayuda y muchos le atribuían al demonio el haber sido atacados en vísperas de Nochebuena. Los carros de la sanidad no daban abasto. Algunos cayeron sin auxilio, entre los hedores de los cadáveres. Otros llegaban en tropel desde los barrancos a sumergirse en el río, creyendo que así le escaparían a la enfermedad. En las sierras, los cuerpos insepultos eran comida de las aves de carroña. La Iglesia organizó procesiones en todas partes mientras en los lazaretos no alcanzaban los médicos. El propio doctor Cuestas había muerto sin asistencia tras huir de la ciudad. Por miedo al contagio, decenas de familias abandonaban a los enfermos en sus catres y sólo unos pocos alcanzaban a pedir ayuda. A los demás los descubrían las patrullas por el olor.

Cuando los Romagosa llegaron a la estancia del doctor Fresnadillo, el pequeño ardía de fiebre. Le llenaron la cama de botellas de agua caliente, lo taparon con frazadas y le dieron gotas de tintura de alcanfor y agua de laurel. El médico decía que el ejército aliado había traído la peste del Paraguay y que a los soldados los curaban con un derivado de la coca que él no había conseguido. Pero entró al cuarto una criada con un jarro.

—Una infusión de hojas de molle, menta y poleo —le dijo a Delfina—. Usted lo sabe bien. No hay bicho que se le resista.

El niño se bañó en transpiración y al día siguiente jugueteaba entre los caballos. Un par de meses después, don José decidió que era hora de darle su apellido.

Su diario de viaje dice que en el tren soñó que buscaba un nombre y un rumbo entre mapas y calendarios. El sueño se repetía cada vez que lograba dormirse en medio del traqueteo: él de espaldas, inclinado sobre cientos de papeles, revolviendo y gritando, hasta que esa figura que ocupaba todos sus sueños le decía que la búsqueda no se terminaba nunca. Fue así durante todo el viaje. Cuando llegó a la capital estaba aturdido y los alrededores de la estación no lo ayudaron a recomponerse. Usureros, vigilantes, vendedores de melones, organistas con loros habladores, cantidades de gente gritando para sobrevivir. Sintió que le faltaba el aire. Se detuvo en una esquina y escuchó una melodía. Dos tipos maltrataban una flauta y un violín y un tercero marcaba el ritmo de dos por cuatro con un peine y papel de fumar. Apenas alcanzó a hacer una mueca de sorpresa y lo tomaron del brazo. Era un hombre de galera que le pidió que olvidara esa muestra de barbarie y lo invitó a pasear en su cabriolé.

—Tiene que aprender a buscar —dijo—. Venga, lo invito a conocer el origen del progreso.

Romagosa se aferró a la valija y esperó que sus reflejos le indicaran lo correcto. Al final subió.

—Estas modas arrabaleras desaparecerán en un abrir y cerrar de ojos. Además, al vulgo no le hace falta su propia música, nuestra aristocracia está lejos de ser una camarilla de castas como las de Viena o París.

Romagosa escuchó la perorata nervioso pero embobado por las horas sin dormir y quizás por las luces del mundo que el hombre le describía, y en algún momento creyó que seguía soñando. Cuando al llegar a la Plaza Victoria el coche se detuvo, tocó tierra de un brinco. El hombre bajó tras él, se acomodó las ropas y señaló en dirección al Hotel de Londres:

—Ese debería ser el inicio de su expedición —dijo—. Antes, si lo desea, puede acompañarme a beber buen coñac.

Vaya a saber por qué los apuntes de Romagosa no brindan más detalles sobre el encuentro. Lo que sí dicen es que esa tarde se alojó en la casa de los amigos del Gallego, que todas las mañanas se levantaba temprano y caminaba un kilómetro hasta el puerto y que volvía invariablemente sin haber conseguido el barco que lo transportara. Así eran esos días: preguntar por un barco y ensayar frente al espejo para enfrentarse a Castelar. Cerraba la puerta del dormitorio con cuidado, se ponía la levita que había cargado en la maleta y gesticulaba. Hasta que en una de sus prácticas vio una figura en el espejo y se detuvo con la mano abierta por encima de la cabeza.

—Sigue, por favor.

Romagosa apenas si logró disimular su vergüenza.

—No te preocupes, no es la primera vez que te veo —aclaró el dueño de la casa.

Después le dijo que la valentía se experimentaba en el terreno y le sugirió que preparara un encuentro con alguien importante, para vivir el riesgo que el espejo no le exigía. A la noche, con toda la familia proponiendo nombres, coincidieron en que Guido y Spano era la persona indicada.

—Es de su gusto y vive por aquí cerca —dijo la mujer de la casa.

Dos días después, Romagosa estaba sentado en

un bar, trémulo, preguntando por la dirección exacta de su contendiente.

–Es ese hombre de melena blanca que lo está mirando desde el balcón de enfrente –le dijo el mozo.

Guido y Spano no sólo lo miraba, parecía estudiarlo con desconfianza, o eso es lo que sintió Romagosa. Le aclaró al mozo que había preguntado sólo por curiosidad y ya no volvió a mirar hacia arriba. Como no le gustaba admitir los fracasos, no quiso regresar a la casa antes de medianoche y utilizó el tiempo en buscar una coartada. Al principio pensó decir que tuvo miedo de pasar por estúpido frente a Guido y Spano, pero eso habría sido menospreciar el esmero que la familia había puesto en ayudarlo. Después evaluó admitir que no se había animado y finalmente decidió decirles que no encontró a nadie. Pero la familia lo esperaba despierta.

–Me fue bien.

–Qué suerte –dijo el dueño de casa– porque nosotros te hemos conseguido el barco.

Aquí me veo obligado a intervenir, con el único afán de respetar los hechos tal como según creo han ocurrido: Romagosa ha dicho, incluso lo escribió, que se había embarcado en un modesto velero, pero es su propio diario de viaje el que lo desmiente cuando menciona las calderas y los paleadores de carbón. El Gallego descubrió el engaño y me dijo que en otras circunstancias hubiese permitido que exagerara las penurias, pero que ya estaba viejo y cansado de la perfección de los héroes.

Empezó trabajando en la panadería del vapor, y gracias a su habilidad para la conversación lo llevaron al restaurante. Le mejoraron la ración, le ampliaron las horas de descanso y hasta le ofrecieron un camarote, pero él no podía aceptar tantas prebendas y se quedó en la hamaca que le habían asignado antes de zarpar. Fue una medida insuficiente para evitar los recelos. La madrugada en que el Mapuche lo insultó, Romagosa no había podido pegar un ojo.

–Che, cajetilla, por más que te creas otra cosa seguís siendo un bastardo.

Fue la primera vez que Romagosa sintió el impulso de atacar a alguien. La primera, pese a tantos insultos. Se bajó de la hamaca y caminó unos pasos con el puño levantado, pero un mulato enorme lo detuvo:

–No vale la pena –le dijo.

No volvieron a molestarlo. El Anselmo lo protegió a cambio de escucharlo contar historias, porque nunca había oído a nadie que las contara como él. Romagosa le explicó que era su forma de ser libre, que mientras contaba algo era el amo y señor del mundo, inalcanzable casi, como un águila. El Anselmo le dijo que no le veía ojos de águila sino de toro, pero que le había gustado que hablara de ser libre.

–Por eso yo trabajo en los muelles y en los barcos. Estoy siempre a un salto de la libertad.

Cuando al promediar el viaje arrestaron al Anselmo por subir a cubierta, Romagosa ni siquiera pudo obtener un permiso para visitarlo. No le sirvió su oratoria, ni su buen comportamiento, y mucho menos la justicia del reclamo. Además, debido a su insistencia le quitaron el privilegio de comer con los oficiales, al que había accedido porque también a ellos les gustaba escuchar sus cuentos. Al amarrar en Cádiz, reclamó por su derecho a hacerle llegar una carta, pero el primer oficial le recordó que ya no formaba parte de la tripulación.

El Gallego interpretó, y confieso que no me parece una interpretación extraña, que ese rechazo ligó la relación de Romagosa con la escritura epistolar. "Las cartas tuvieron una influencia decisiva en su vida a partir de aquel momento", me dijo. La verdad es que la frase suena atinada. ¿Qué hizo Romagosa con aquella carta? ¿Qué puede hacerse con una carta que no encuentra destinatario? ¿A dónde va a parar? En el diario no hay más referencias que esa negativa del primer oficial, pero es improbable que se la haya arrojado en la cara o que la hiciera un bollo y la echara en un cesto del tren que lo llevó a Madrid. Para eso necesitaría aún algunos años.

Se instaló en los alrededores de la Plaza Mayor, en una pensión regenteada por un matrimonio granadino. El esmero que ese hombre y esa mujer habían puesto para ganarse la vida de aquella manera se notaba en cada detalle. El cuarto de Romagosa, por ejemplo, no tenía más de diez metros cuadrados, pero todo estaba en orden: las sábanas eran nuevas, los cajones abrían y cerraban sin chirridos, las llaves funcionaban a la perfección. "Así tienen que ser las cosas –le dijo el hombre–, ordenadas", y le preguntó qué hacía tan lejos de su tierra. La pregunta había sido hecha para incomodar pero el tono llevaba un dejo de tristeza.

–Vengo a aprender de vuestro Castelar –dijo Romagosa, remarcando el vuestro para que no quedaran dudas de su intención reparadora.

El hombre tragó el sorbo de café y su apariencia perdió todo rasgo de ternura:

–¡Ese rebelde buscapleitos no sabe nada de la sangre real! Es un resentido que no consiente el mandato de Dios para gobernar en la tierra. ¡Más le valdría que le cortaran la lengua!

Un insulto contra su héroe, eso había sido. ¿Cómo alguien tan sencillo podía reaccionar de esa forma ante el tutor de la libertad, si él le había estudiado hasta el último hueso y no le había encontrado ni siquiera un desliz, si discutir a Castelar era como negar la rotación de la tierra?

Miraba el techo de la habitación, tirado en la cama, turbado por la idea de que un hombre bueno tuviera un mal concepto de otro igual, cuando la esposa del dueño golpeó la puerta. Era una mujer de sonrisa noble, que hablaba despacio, como si temiera estar equivocada.

–Castelar suele visitar los jueves un café de la

Carrera de San Jerónimo –dijo.

–Mañana es jueves –exclamó él.

La mujer le pidió con un gesto que bajara la voz, le sugirió que aprovechara el dato y no se quedó a esperar las gracias.

Esa noche Romagosa durmió mal. Se despertaba a cada rato y cuando lograba conciliar el sueño veía a Castelar a través de los ventanales de un café al que no podía ingresar. Aún no había terminado de amanecer, pero no soportó que las pesadillas lo siguieran hasta con los ojos abiertos y salió a caminar. En el bar donde desayunó, no había nadie. Ni allí ni en ninguna de las calles por las que anduvo después. Era un hombre libre, el más libre de todos, pero estaba solo, y nada cambió cuando la ciudad se puso en marcha. Se sintió extranjero, un enemigo que invadía y era invadido, un animal de otra especie. Volvió cerca del mediodía y almorzó en la habitación una taza de gazpacho y un plato de callos que le llevó la mujer. Luego procuró dormir y como no pudo, se puso a garabatear frases en el diario hasta que se hizo la hora. Se perfumó con esencia de lavanda, se calzó la levita y un bombín discreto, acomodó el mundo a la altura de sus ojos y partió hacia el café.

Una oleada de tabaco dulzón lo recibió en la

puerta. Parado en el hall de entrada, abrumado por los muebles isabelinos y el cristal checo, leyó la lista con los nombres de los visitantes honorables hasta que lo interrumpió el mozo.

–¿Señor?

–Supongo que puedo hallar a don Francisco Reguera –dijo Romagosa–. Me espera en su casa mañana, pero si se presentara antes la ocasión...

–Por cierto –dijo el mozo–. Nos hemos olvidado de quitar su laminilla. El señor Reguera y Guzmán ha muerto el último otoño.

–¿Hay tiempo para una explicación?

–Treinta segundos.

–Busco a Emilio Castelar.

–Vamos progresando. Ha aludido a uno que está vivo.

Romagosa narró la situación con todos los detalles que pudo, pero al mozo le bastó con verle la expresión de angustia para saber que tenía en sus manos el destino de un hombre.

–Ubíquese donde le plazca –dijo.

Se sentó contra el mostrador, con la vista fija en la puerta principal. El bar olía a café, a tabaco, a perfume francés, a piel usada, a medias viejas. Repasó entre dientes las frases que había estudiado: "Al otro lado del Atlántico también se sacuden las conciencias por sus verdades", le sonó demasiado circunspecta. Probó con otra: "Su voz auténtica y desafiante me trajo hasta aquí", pero la descartó por exagerada. La entrada aparatosa de un grupo de mujeres lo distrajo. Vestían como si estuvieran de paso, sin guantes de seda ni vestidos de muselina. La de adelante se paró frente a unos hombres y les dijo que le parecía fantástico que se hicieran llamar intelectuales para que no los confundieran con personas inteligentes. Mientras cargaba su bandeja, el mozo apuntó que se trataba de Emilia Pardo Bazán, la primera mujer que habían admitido en el café.

—Y tenga cuidado, es de las bravas. Puede cogerle de la solapa y preguntarle por qué está mirándole de ese modo.

Las mujeres se acomodaron en una mesa cercana, tanto que esforzándose un poco, Romagosa podía oír la conversación. Estaban escandalizadas porque en Asturias habían prohibido las sayas que dejaran los tobillos a la vista, pero la Pardo Bazán las tranquilizó. Les dijo que las disposiciones de las mayorías, cuando eran contrarias a la conciencia individual más inteligente, no demoraban en derrumbarse. Romagosa quiso inmiscuirse, comprobar si las mujeres ejercitaban la tolerancia que les exigían a los demás. Pensó decir que para Stuart Mill, si una persona opinara distinto del resto de la humanidad y quisieran silenciarla por ello, se estaría cometiendo un robo a la raza humana. Iba a decir eso, brindar, exhibir su valentía. Iba a demostrarse que era un caballero sin miedo. Pero llegó Castelar.

Entró primero un bigote imponente y luego un hombre que vestía un traje gris, con un moño azul de pintas blancas. Al quitarse el sombrero para saludar, descubrió una calvicie flanqueada por dos mechones canosos. Allí estaba el hombre, el ejemplo, la Historia. Alguien capaz de escaldarle las ideas y retorcérselas hasta hacerlo parir un Romagosa nuevo. Una racha helada le recorrió cada entraña. Por instantes fue un niño que casi podía ver cómo se le estrujaba la piel, cómo se volvía tan insignificante que hasta le resultaba difícil detectar que existía. Al mismo tiempo, sintió pánico de que algún ademán, una mueca, un mal gesto del hombre derribara a la efigie del pedestal. Al fin y al cabo, los héroes también son un puñado de huesos y tendones. Se despiertan fastidiosos, se apoyan en los azulejos para no mojar la tapa del retrete, se tiran pedos. Pero Castelar no estaba hecho para perpetrar desilusiones. Respondió a todos los saludos, a las copas levantadas, a las sonrisas. A cada quien le devolvió una respuesta singular. Chacoteó con un fumador de cigarros sobre el aire que respiraba, criticó el plastrón granate de alguien que arengaba desde la mesa central, admitió una ironía sobre el volumen de su sombrero. Cuando terminó el recorrido, volvió sobre sus pasos y se apoyó en el mostrador.

Romagosa quedó de espaldas al salón, al lado del hombre que lo desvelaba, entrampado, incapaz de decir una palabra. Entonces le echó un trago al ron que no era suyo y Castelar lo miró de reojo. Romagosa tragó saliva. Provocar la charla formaba parte del plan, pero se había excedido. No tuvo más remedio que quedarse quieto, con la copita en la mano, sin intentar siquiera dejarla donde estaba. Castelar pidió otra medida.

—Algunos monárquicos desprecian el ron porque es del bajo mundo —dijo.

—¿Me lo dice a mí, don Emilio? —preguntó Romagosa.

Castelar alzó la voz.

—Señores, tenemos aquí a un muchacho extranjero. ¡Brindemos a su salud! —le dio unas palmadas en el hombro y miró hacia la mesa de las mujeres—. No hagas demasiado ruido, chaval. Ofenderás su estirpe. Has de conocer ya a la mofletuda, Emilia Pardo, hija de condes. Le sobran agallas y vanidad. Ya he recibido yo sus mandobles. Ha escrito que mis discursos parecen ruidos de cataratas que se desbordan en un lirismo inútil. ¿Lo ves, muchacho? La mitad de su talento le apunta al ombligo. Pero dime, ¿qué haces tú por aquí?

–Pretendo regresar con algo de su tribuna en las maletas.

Después de responderle preguntas de ocasión, Castelar le pidió que lo siguiera. Atravesaron el salón caminando entre las mesas hasta llegar a uno de los ventanales que daban a la vereda. Lo abrieron y el murmullo del café desapareció como por arte de magia. Ahora se escuchaba el rumor de la gente en movimiento. Allí parado, en la bisagra entre el afuera y el adentro, Castelar apuntó con su índice en todas las direcciones.

–Debes prepararte para el combate, hijo. A la intransigencia no se le perdona nada. Estarán esperando que te detengas. Haz lo contrario, arremete, eso los acobarda –en el aire dibujó un triángulo enmarcando el rostro de Romagosa–. Si te sorprenden, te ponen el capuz. Negro, bien negro. Dicen que le evita tormentos al condenado, pero en realidad, a quienes alivia es a los jueces: les da pánico verle la cara al horror.

Se detuvo un momento. Romagosa tenía la frente húmeda.

—Huí del garrote vil —siguió Castelar—. Escapé a tiempo cuando tenían todo preparado. Según el decreto, mi cadáver debía permanecer cuatro horas en el cadalso para que las gentes supieran lo que les esperaba a los desobedientes. Eso querían de mí: restos de un animal humillado, sin nombre, sin ayer. Así es, amigo, quienes detentan el poder absoluto pugnan por quitarle a la muerte su contenido heroico. ¿Cuál fue mi pecado? Haber escrito que el patrimonio real es de la nación y no de la reina. Isabel se enfureció y ordenó mi expulsión de la cátedra de Historia, pero el rector de la universidad, el bueno de Montalbán, desobedeció. En la noche de San Daniel, estudiantes y obreros salieron a las calles a defendernos. Les mandaron los uniformados. Tiraban a dar y cargaban con sus bayonetas caladas. El ejército desaguaba como un río por las esquinas. Fueron catorce muertos y docenas de heridos. Hasta le acertaron por la espalda a un niño de nueve años. En mi periódico publicamos la semblanza de un hombre al que se le cortaron los dedos por haber ido a curiosear a la Puerta del Sol. La masacre desató tanta repulsa que la reina tuvo que despedir a algunos hombres de su gobierno y reincorporarme a la cátedra. Pero después vino el fallido levantamiento del sesenta y seis, la condena a muerte y el exilio en Francia. Regresé gracias a la revolución. Fíjate, zagal, que yo había dicho que a los justos no les estaba permitido estrangular las convicciones de sus enemigos a garrotazos, y en cierta forma, la proclama de mis camaradas partió de ese mensaje: Acudid a las armas, no con el funesto impulso del encono, no con la débil furia de la ira, sino con la sola serenidad con que la justicia empuña su espada.

Castelar cerró las ventanas.

–Pero usted no era partidario de las armas.

–No pretendas responder en un viaje lo que a mí me ha llevado toda la vida.

No volvieron a verse y no está muy claro si es que Castelar ya no lo atendió o el propio Romagosa eludió un nuevo encuentro. Posiblemente no haya querido quedar prisionero de su héroe, perder su yo a fuerza de pregonar ideales ajenos. Y si de algo estoy seguro, ahora que han pasado los años, es de que Romagosa no había nacido para seguir a nadie.

El Gallego sostenía que Romagosa había querido jugar a suerte y verdad su estadía en Europa y que se había hecho trampas. Ya casi no le quedaba un duro y al menos en la pensión de los granadinos no podía continuar. Salió entonces a un patio de tierra y con una rama dibujó un círculo y lo dividió en dos. En una de sus mitades escribió la palabra *Azares* y en la otra, *Pareceres*. Luego tomó unos cinco metros de distancia y antes de arrojar la piedra prometió respetar su designio. Si caía en *Azares*, haría otro círculo, esta vez dividido entre *Barcelona* y *Regreso*, si caía en *Pareceres*, resolvería conforme a su albedrío. Si bien la piedra se apoyó sobre la línea divisoria, la mayor parte de ella quedó del lado de *Azares*, pero Romagosa invalidó el lanzamiento. Según el Gallego, el episodio demostraba que no era un muchacho racional ni voluntarioso sino un empecinado, y que prefería hacerle caso a su propia tozudez antes que a las leyes del azar. Creo irrelevante saber si el relato es verosímil. En cualquier caso, el manejo de la voluntad o el entendimiento obedece a causas azarosas. Eso es lo que me enseñó la vida. Lo que está acreditado es que Romagosa se quedó en Madrid, en una pensión de mala muerte a la que iban a parar los campesinos del sur.

El cuarto tenía un catre viejo, paredes que exudaban mugre y una claraboya por donde se filtraba un hilo de luz. Una mañana golpearon la puerta como si quisieran derribarla. Se levantó entredormido, quitó el pasador y no bien bajó el picaporte lo tiraron al suelo de un empujón. En pocos segundos tenía a tres pensionistas veinteañeros y a una andaluza no mayor de dieciséis rodeándolo. En medio de esa estrechez, en la que apenas si cabían todos, sintió miedo, pero la cara de desconcierto de la chica lo indujo a mostrarse valiente.

–¿Qué están buscando? –preguntó.

–Queremos presenciar un espectáculo y ésta no va a cobrarte nada –le dijeron, y cuando trató de negarse, lo agarraron del cuello.

Por la suficiencia con que la andaluza se tendió boca arriba, desnuda y con las piernas abiertas, Romagosa entendió, o creyó entender, que era él la única víctima. Entonces dejó de resistirse y se quitó la ropa hasta dejar expuesto su sexo. Los pensionistas se rieron, lo metieron en la cama y le ordenaron a la andaluza que lo lamiera. ¡Hala, hasta que se endurezca!, le gritaron. Después, la chica lo montó y él empezó a sofocarse. Durante un instante sintió que se olvidaba del resto, que había esperado mucho tiempo por una tibieza parecida y quiso apretarla contra el pecho, pero el líder del grupo se lo impidió:

—¿Qué sucede, argentino? Somos nosotros quienes hemos venido a divertirnos.

Que Romagosa haya contado el episodio con pelos y señales para que ninguno de sus amigos lo fastidiara por su falta de actividad sexual, es otra de las verdades que el Gallego usaba en beneficio propio. Porque fue él el que en aquellos tiempos empezó a frecuentar los burdeles, a ganarse su reputación. "Pagué por una mujer y me trató con cariño. Ese fue todo", me dijo. Pero nunca quiso reconocer lo mucho que le molestaba hablar del tema, al contrario, lo trataba con sorna, como si formara parte de la vida de otro: que las damas de la aristocracia lo fueron rechazando, que se le acercaban sólo las que querían aprender de las prohibiciones antes de volver a su vida monacal, que el que conquistaba las almas puras era Carlos Romagosa.

A don José le había tomado más de una noche explicar quién era quién en el árbol genealógico de la familia. Se guardó las razones, pero le dijo que si pasaba por Barcelona no debía pedir ayuda en casa de nadie que tuviese su apellido. Cuando bajó en la estación de Sants, famélico e indefenso, Romagosa podría haberse olvidado de aquella recomendación, y sin embargo sintió que los resquemores hacia su padre no eran suficientes como para desairarlo de esa manera. Buscó entonces en la familia de su abuela hasta dar con un tío segundo del que jamás había tenido noticias.

Baudelio Vendrell era un hombre bueno, que pese a intentarlo no había podido amasar una fortu-na. Vendiéndole joyas a los nuevos ricos había edifi-cado dos plantas en el Ensanche central pero nunca alcanzó a llenarlas de muebles. Como su mujer, parecía contento de recibir a Romagosa. La hija, en cambio, apenas si lo miró.

–Ten cuidado –le dijo la madre–, los argentinos tienen fama de hechiceros.

A Concepción no parecía hacerle falta la advertencia. Le sobraba con su espíritu montaraz para amedrentar a cualquiera. A Romagosa le gustó, no pudo no gustarle, y a pesar de intuir dificultades, prefirió seguir adelante.

Lo alojaron en una pieza digna de una noche de bodas, con cortinas de brocado y una cama doble con respaldar de bronce. La puerta que lo separaba del dormitorio de Concepción le dio la chance de espiar por la cerradura y no la desaprovechó. Con el pretexto de escribir, se encerraba en el cuarto y pasaba largos minutos hasta verla desvestirse frente al espejo de la cómoda. Por las mañanas, ella golpeaba esa misma puerta para avisarle del desayuno, entraba con la bandeja cargada y se quedaba un buen rato acomodando la vajilla, sin dirigirle la palabra.

En el diario de Romagosa no hay otra referencia a Concepción que una semblanza sin detalles. Muy poco para mi necesidad. Por suerte escribió el relato de un falso sueño, sobre el que he preferido no indagar demasiado: "Una mañana dudosa, tan cerrada y gris que parece que no hubiera amanecido, dormido como estoy, soñándome guía de la humanidad en la ascensión al paraíso, siento una suavidad distinta apañándose bajo las sábanas. Dos dedos clandestinos sujetan mis labios. Siento que una mano conduce la mía debajo de las gasas, encima de las formas. Una silueta de mujer viva trepa el risco desde el que puede verse el mar encrespado. En la arena blanca arde el sello de un pacto. Una marca hecha con un sol futuro. Una insignia indeleble".

Puede que Lola, más que Baudelio, simulara no saber lo que pasaba, que creyera que las cosas tenían que seguir su cauce. Puede que a ella le alcanzara con tener en la casa a ese pariente culto al que invitaban a pasear por la playa sólo para oírlo conversar. Si su esposo tenía dudas, serían las de todo padre, las que no requerían más que algún plato especial en el almuerzo. Es posible entonces, que haya sido gracias a su insistencia que una tarde de noviembre Baudelio bajara del dormitorio y tomara a Romagosa del brazo.

–Verás la octava maravilla del mundo –le dijo–. Cuando termine de construirse, los catalanes tendremos a Madrid rendida a nuestros pies.

Caminaron por veredas estrechas, bajando al empedrado cada tanto para evitar los escombros de las construcciones, encorvados por el frío que llegaba desde la costa. Al doblar la última esquina, vieron unos cuantos pilares de lo que más tarde sería una cripta y decenas de personas comentando el avance de la obra.

–El Temple Expiatori de la Sagrada Familia –dijo Baudelio–. Fue concebido para expiar los pecados del egoísmo burgués y del ateísmo fanático. Hace poco que el arquitecto Gaudí se ha hecho cargo de la obra. Es un tanto atrevido y hasta algo irreverente, pero de todas formas se merece la confianza cristiana.

–No conozco a ese tal Gaudí –dijo Romagosa–, pero bienvenido si pretende devolverles un Cristo actualizado.

Baudelio pareció sentir el golpe.

–Un Cristo actualizado –masculló. Le señaló un hombre de barba espesa que se secaba la transpiración con la manga de la camisa–. Es ese.

Gaudí dio un discurso que Baudelio Vendrell pareció seguir con desconfianza hasta que lo escuchó decir "originalidad es volver al origen". De regreso, como le molestaba el silencio, Romagosa creyó necesaria una concesión:

—Afortunadamente —dijo—, Dios va a ser nuestro último juez.

Aunque los paseos no se repitieron, el clima hogareño no pareció empeorar demasiado, y mucho tuvo que ver la actitud de Concepción. Quizás, como ya no tenía que competir todo el tiempo contra la vanidad de Romagosa para que le llevara el apunte, sintió que había sujetado las riendas y que estaba al mando de la situación. Ahora se desnudaba con más soltura frente al espejo de su cuarto y ya no le importaba que Romagosa abriera o no la puerta porque era la voluntad de ella la que iba a decidirlo. Mientras tanto, doña Lola se esforzaba para que Baudelio callara su recelo. Al fin y al cabo había cuestiones más urgentes para resolver que un desacuerdo sobre la manera de mirar a Dios. El futuro, por ejemplo. Un joven erudito que paseaba por Europa como si fuera el jardín de su casa era garantía de una vida próspera para cualquier mujer. De todas formas, como madre precavida que era, quiso asegurarse de que las cosas estuvieran en su lugar. Esperó una ausencia momentánea del esposo y la hija, y en medio de sartenes, butifarras y condimentos, encaró a Romagosa.

–¿Cuánto perderías si te quedaras en Barcelona?

–Mucho.

–Sabía –dijo ella. Sonrió, enarcó las cejas y siguió preparando el almuerzo.

Recuerdo que al llegar a ese punto, el Gallego me pidió disculpas y me dijo en tono de broma que después de aquel diálogo Romagosa tendría que haberse olvidado de Concepción y su familia, salir a explorar la Barceloneta, con sus marineros y sus putas, y al menor descuido armar las valijas y volverse a casa. "Pero claro –completó–, el muchacho no estaba hecho para liviandades".

El día que Concepción le anunció a sus padres que tenían que hablar de cosas importantes y los sentó en la sala, los cuatro supieron que habría pocas sorpresas.

–Voy a casarme con su hija –dijo Romagosa.

Doña Lola hizo un mínimo gesto de alivio, estiró la mano hasta apretar la de Concepción y esperó que Baudelio hablara.

–Nada quiere un padre más que la felicidad de su hija –dijo. Pidió un brindis por la prosperidad de la familia y les dio un abrazo a los dos.

Romagosa fue el primero en separarse.

–Nos vamos a establecer en la Argentina –dijo. Ninguno se inmutó. Esa novedad era consecuencia ineludible de la anterior–. No buscamos una vida tranquila, buscamos una vida plena. No podría ofrecerle ningún futuro a vuestra Concepción si me quedara viendo pasar la historia sin intervenir.

Doña Lola giró hacia a su esposo como si ya hubiesen discutido el tema.

–Qué buena noticia ¿verdad?

Baudelio aferró a Romagosa por el hombro.

–Puedes llevarte a Concepción a donde el mundo os espere, o quedaros aquí, si lo deseas. A cada momento la vida muestra cientos de caminos y tú sólo puedes escoger uno. El peligro consiste en descartar mal y arrepentirnos toda la vida. Yo elegí mi mujer y mi hija, y después de tantos años, siento haber hecho lo correcto.

A Romagosa, nada de lo que dijo pareció afectarlo. Pero Baudelio se había guardado una carta.

–Iremos con vosotros –anunció.

Romagosa había consumido las energías en sus propias justificaciones y ya no podía oponerse. Miró hacia su costado, esperando que fuera Concepción la que replicara, pero ella no dijo nada.

Es una lástima no haber encontrado ninguna alusión a las controversias posteriores, porque alguna señal de contrariedad debe haber dado Romagosa. Pero me cansé de buscar en el diario y en los recuerdos y todo lo que pude encontrar es que estuvieron unos meses preparando el viaje, que el día antes de partir los cuatro subieron hasta la cima del Montjuïc y se quedaron mirando el puerto, que Concepción se adelantó hasta pararse a dos pasos del barranco y que dijo: "Espero que valga la pena".

Recuerdo con precisión la imagen del Gallego al narrar la llegada del barco que los trajo al país. Estaba irritado por la embestida de su dolencia y por la humedad que empañaba las ventanas, y no lograba enfocar el naranjo del patio. "Llovía a cántaros en la capital esa tarde –dijo–, por eso nadie pudo ver bien lo que pasó".

Romagosa iba a poner un pie en el estribo del coche pero observó un revuelo a pocos metros de la escollera. Por instinto echó a correr. En medio de la muchedumbre alcanzó a ver un cuerpo grande y negro, boca abajo, sobre un charco de sangre. Alguien le dijo que era un marinero que se había pegado un tiro. Cuando quiso abrirse paso, los agentes se lo impidieron.

Esa noche, acostados en la pieza del hotel a la espera del viaje a casa del día siguiente, Baudelio insistía en darle conversación. Romagosa había apagado su bujía. Por la ventana abierta se metían las luces de la plaza y el aire tibio.

—¿Lo conocías?

—¿A quién?

—Al negro —dijo Baudelio—, parecías alterado.

—Hay cientos de negros trabajando en los barcos.

—Pero no todos se pegan un tiro en el pecho.

—No todos, es cierto —dijo Romagosa.

Baudelio se levantó y caminó hacia la ventana.

—Hay decenas de inmigrantes durmiendo en la plaza. ¿Crees que irse sea una manera de morir?

—¿A qué le tiene miedo?

—Buena pregunta. Podrías ayudarme a saberlo —dijo Baudelio, y volvió a la cama.

Durante el viaje a la ciudad de Romagosa, ninguno de los cuatro habló de otra cosa que del ganado y la llanura, o a lo sumo hicieron algún comentario sobre cómo sería la bienvenida. Cuando el tren llegó por la mañana temprano, Concepción fue la primera en poner un pie en el andén. Sonrió. No con un gesto alegre sino precavido. Después de las presentaciones, después de que Romagosa estrechara a su padre en

un abrazo y le dijera a sus hermanos que a las promesas había que cumplirlas, el Gallego lo miró de cerca
y vio una cara muy parecida a la que esperaba.

–Veo que habéis traído a nuestro Castelar –dijo.

"Todos alabaron la belleza de Concepción, Baudelio
hizo una pregunta sobre la cantidad de iglesias que
tenía la ciudad, don José volvió a ver un familiar después de décadas". Era notable la precisión de los
recuerdos del Gallego sobre aquel encuentro. Retuvo
detalles menores, como el azul del vestido de
Concepción, y otros de mayor importancia, como el
rostro de disgusto de su madre cuando descubrió que
en la casa de los Romagosa los muebles estaban sanos
pero eran viejos. Recordaba haberle preguntado si le
había hecho mal el viaje, y que doña Lola le había
dicho que sí, que estaba un poco mareada, pero que
no debía preocuparse. Por si fuera poco, Delfina preparó un menú de bienvenida que no ayudó a cam-
biarle la cara. Había cocinado una sopa de pollo y
unos sándwiches de pan frito, y a la vista de todos
empezó a hacer el asado. Lavó el trozo de carne con
cuero, lo secó con un paño y lo envolvió en un saco
de lienzo. Luego cavó un hoyo en el patio, introdujo

el saco con la carne y algunas hojas de hierbas nobles y lo tapó con tierra. A las dos o tres horas desenterró todo, desató la bolsa y echó la carne sobre las brasas. Al servir los platos, ninguno de los Vendrell pudo disimular su repulsión. El Gallego estaba seguro de que el episodio algo había significado y que por ese motivo Romagosa había hablado sin parar, del barco, de Castelar, de Barcelona. Pero su discurso, sin sabor ni espíritu, resultó incapaz de engañar a nadie.

El Gallego organizó una fiesta a la que invitó a sus amigos de ascendencia española. Estaban eufóricos. Defender la libertad, desplazar a la Iglesia de las escuelas, hacerse de tierras, todo formaba parte de la misma operación.

Después del baile, los hombres se habían retirado a hablar de política. Con la voz afectada por el alcohol, el hermano del Gallego hizo un resumen de las convulsiones que se habían producido a raíz de la ley de educación laica, y mientras le agregaba pasión al relato iba quedando al descubierto el error de Romagosa, que no lo había puesto al tanto de las ideas de su suegro.

–Aquí –dijo Antonio–, en el manantial de la religiosidad, en la Roma argentina, se ha instalado la primera escuela normal. Y por si fuera poco, enviaron a una directora protestante desde los Estados Unidos. ¡Eso sí que ha sido ponerle un dedo en el culo al obispo!

–Vamos, Antonio –intervino Romagosa–, esas no son las formas que deben guardarse.

–Pues yo he pensado igual, pero el gobierno de Roca decidió ponerle el dedo en el culo de todos modos. Fíjate que acaba de pedir el extrañamiento de monseñor Clara, ese desgraciado que una vez osó decirle a Urquiza que la libertad de cultos era una herejía. El muy ladino anduvo gritando que la ley y la escuela eran obra del demonio y ha llamado al pueblo a levantarse. ˙

Baudelio no soportó más.

–Y sus buenas razones tuvo Monseñor para reaccionar –dijo–. La religión católica le ha dado a vuestro país lo mejor de su espíritu y de su ciencia como para que ahora espantéis a sus portavoces cual si se tratase de filibusteros.

–No interesa si tuvo o no razones –le contestó Antonio–. Por suerte el gobierno mandó a la cárcel y al destierro a todos los curas subversivos. Y a los lamehostias los echó de sus cátedras.

El Gallego quiso intervenir, pero eran él y

Romagosa contra diez tipos bebidos que disfrutaban de una disputa.

—¡En qué religión creéis que han sido instruidos vuestros gobernantes! —gritó Baudelio—. ¡Cómo pensáis que han llegado a dónde están!

Antonio tuvo ganas de saltarle encima, pero esta vez el Gallego se anticipó.

—Con su respeto, señor Vendrell —dijo—. El gobierno no niega la libertad religiosa, pero sí que la Iglesia se arrogue la exclusividad para formar ciudadanos. Y sin embargo, el nuncio vaticano acusó al gobierno de montar una campaña atea y vino a la ciudad a exigirle a la directora de la Escuela Normal que siguiera enseñando el catecismo.

—¡Ese nuncio tiene sagrados los cojones! —dijo Baudelio.

—¡Arados los cojones, arados! —volvió a intervenir Antonio—. El muy cobarde le escribió a Roca diciéndole que fueron las mujeres católicas las que habían querido verlo. ¡Montones de mierda! Por suerte el General no le respondió, al contrario, le hizo llegar los pasaportes para que en veinticuatro horas se largara del país.

—¿Y se fue? —se sorprendió Romagosa.

—¡Claro que se fue, hombre! —dijo Antonio—. ¡Por

eso estamos festejando ahora! ¡Sigue tú con tus flirteos, que tus amigos se ocupan de echar a los curas de las aulas! A propósito, ¿te casas porque estás enamorado o porque necesitas alguien que limpie tu escritorio?

Romagosa se levantó furioso pero Baudelio lo tironeó del saco.

–Responde, Carlos –dijo–, has de cuenta que no estoy aquí.

Esa noche, Baudelio se retiró de la discusión. Según el Gallego, porque se sintió atrapado. Porque se había enterado a tiempo de que el yerno no era un hombre de fortuna, porque siempre había pensado que su hija no sería feliz con él y sin embargo dejó que las cosas transcurrieran. En cuanto a la pregunta de Antonio, alguien entre los más borrachos le dijo a Romagosa que, según las malas lenguas, él nunca habría conseguido una mujer de alcurnia en la ciudad y por eso había tenido que procurarse una desconocida.

Romagosa quería una ceremonia austera para el casamiento. Concepción se indignó. Ya había prescindido de las formalidades del compromiso, había renunciado a ciertas tradiciones como la marcha de los cirios para buscar a la novia, pero esto último era demasiado.

–¡Es que no quieres dejar rastros de nuestro matrimonio!

–No es así. Tienes que entender mis convicciones.

–¿Y qué tienen que ver las convicciones aquí?

Fue el Gallego el que intentó explicarle a Concepción lo que Romagosa no pudo. Le dijo que de a poco lo iba a ir conociendo, que lo único que pretendía era protegerla, evitar que le preguntasen qué perfume usaba o por qué no hablaba francés, y creyó que la había convencido. Pero ella no era la única irritada. Para el hermano del Gallego, era incomprensible que alguien con ambiciones políticas desperdiciara de ese modo una fiesta de casamiento.

–Tendrá a todo el mundo contento atrás de él por única vez en la vida.

–Hay tiempo de sobra para especular –objetó el Gallego. Antonio pareció indignarse más aún.

–Algún día entenderás los beneficios de pertenecer –dijo–. En tu caso vaya y pase, pero Romagosa no puede convertirse en un marginal.

Según los registros, Carlos Romagosa y Concepción Vendrell se casaron a los veintiún años de edad, el 11 de abril de 1885. El Gallego decía no recordar la fecha. Luego de convencer a los Vendrell, Antonio contrató una orquesta que recibió a la novia en la Catedral con un fragmento de Mozart y no de Mendelssohn. Concepción resplandecía. Había olvidado las riñas y parecía tan segura del sí que iba a dar, que Romagosa se contagió de su entusiasmo. El Gallego escribió unos párrafos sobre aquel momento. Me dijo que había sentido la obligación de hacerlo y que si bien su escritura dejaba mucho que desear, era preferible transcribir el texto tal cual estaba, que corregirlo y ocultar el presagio: "El cura abrió los brazos y sus manos casi tocaron los candelabros de bronce que iluminaban el altar. Desde esa estatura, habló de abnegación y fidelidad. Fue un instante en que los novios se miraron enamorados. Ya a la salida, me pareció que caminaban como si cargaran un peso, que ella no miraba más que hacia un espacio irreal, sin volúmenes ni contornos y que él la tironeaba, disconforme con el ritmo de sus pasos. Después no volví a fijarme. Me distrajeron las viejas de la plaza, que se habían juntado en el atrio a verlos sonreír".

Debo admitir que recién después de muchos años logré comprender la resistencia del Gallego a hablar de su propia vida. En los tiempos en que me dictaba la historia y buscaba escritos en los cajones y recortes de diarios viejos, no me preocupó demasiado su calvario, quizás porque era muy joven para saber de abismos y oscuridades. Ahora, cuando no sirve de nada afligirse, entiendo que más allá del significado de las palabras que yo escribía, él me necesitaba cerca, que el sonido de mi pluma sobre el papel también tenía valor. Pero yo no me daba cuenta. Iba a su casa y hacía mi trabajo, como la enfermera que lo ayudaba con los chancros, como sus sobrinos que pasaban cada tanto, temerosos de que en algún ataque de locura los dejara afuera del reparto de bienes. El Gallego no se merecía la soledad. Por más que a veces parecía buscarla no se la merecía. Me contó por ejemplo, que una noche llegó tomado al burdel y se tiró en un sofá. Decía que ahí se podía llorar tranquilo porque la borrachera disimulaba el dolor. Había soltado las primeras lágrimas cuando le cayó encima una mujer tan ebria como él. Primero se asustó, y después la sintió tan próxima que cerró los ojos. Ella, quizás porque no supo lo que había provocado, lo besó en la boca. Con el paso de las noches, los besos se transformaron en un pacto a respetar. Se celaban a su modo, él reprochándole sus otros clientes, ella previniéndolo de sus compañeras. Hasta que en una de sus citas el Gallego le preguntó dónde le gustaría vivir y ella no lo interpretó como un juego. "Hay cosas que no se le preguntan a una puta", dijo.

La casa que Romagosa y Concepción alquilaron frente a la Plaza del Caballo tenía dos ventanas con alféizares floridos que daban a la calle y una puerta elegante. Por dentro, sin embargo, tuvieron que trabajar mucho para quitarle el aspecto lúgubre. Descolgaron los cuadros sobre la crucifixión de Jesús que había pintado el dueño y los reemplazaron por un par de paisajes provenzales. Cambiaron los vidrios opacos de las ventanas para que entrara el sol desde el patio y aunque no pudieron cubrir las imágenes religiosas del cielorraso, consiguieron darle a la casa un perfil esperanzador. Pese a que contrataron servicio doméstico, a Concepción le gustaba ocuparse en persona de las tareas de la casa, sacarle a los muebles el brillo justo, complacer el paladar memorioso de su marido, ubicar las plantas y las flores de acuerdo a la intensidad de la luz. En sus momentos libres, mientras Romagosa procuraba poner en marcha el almacén propio, ella emprendía largas conversaciones con sus padres, normalmente referidas a las cosas que habían dejado atrás.

Pronto, a raíz de una pelea de entrecasa, los dos supieron que algo no fluía con normalidad. Concepción había colocado en la sala un retrato que la mostraba sonriendo junto a sus padres, y a las pocas horas lo encontró en un cajón de la cómoda. Después de que las domésticas negaran una y otra vez la autoría del traslado, llegó Romagosa y asumió la responsabilidad.

–Voy a reponerlo cuando encuentre la fotografía en la que estoy con mi familia y pueda colgarla también –dijo.

Un par de días después, Concepción, que se había hecho el firme propósito de no responder a esas reacciones, encontró el retrato en lo de sus suegros. Romagosa se veía serio, casi a disgusto, y sus padres lo miraban con melancolía. Las dos imágenes convivieron unos días en la sala hasta que desapareció la de él.

–¿Y ahora qué te sucede? –preguntó ella.

–Siempre quise romperla.

–¿Puedo preguntar por qué?

–Puedes, pero no me obligues a responderte.

La casa volvió a oscurecerse. Romagosa volvía tarde del almacén y pretextaba complicaciones de papeles para quedarse en la biblioteca, pero jamás hizo una suma allí dentro. Pasaba horas leyendo historia antigua y poesía americana para recuperar el tiempo perdido. A veces, Concepción se apoyaba en la puerta y lo miraba leer.

El Gallego se enteró de las desavenencias, pero no tuvo el coraje de decirle a ella que su esposo era un conquistador y que los conquistadores son nómades cuyo único desvelo es su próxima conquista. Le dio largos rodeos al asunto y terminó entrometiéndose en condiciones nada aconsejables. Había perdido a los naipes y estaba tan borracho que de todos los cabarés lo mandaban a su casa. En el punto culminante de su embriaguez se paró en la vereda de la Plaza del Caballo y a los gritos pidió que le abrieran.

Romagosa salió disparado a detener el escándalo y con dificultad logró llevarlo a la biblioteca. Trataba de sostenerlo para que no se cayera cuando apareció Concepción, vestida de cama.

–Veo que para algunas cosas te sobra tiempo –dijo, y volvió a la habitación.

En un rapto de lucidez, el Gallego juzgó inexorable que lo sacaran a patadas y encaró hacia la puerta.

–Ve a la cama y atiende a tu mujer –alcanzó a decir.

Aún no había atravesado el umbral cuando Romagosa le partió la boca de un revés.

Se supone que los amigos olvidan estas cosas, o las toman como riñas ocasionales que no hacen al fondo de la amistad. Sin embargo, siempre algo deterioran. Alguna mirada se torna indiferente o se mezquina algún abrazo. El Gallego volvió a sus encuentros con la aristocracia y allí supo que el nuevo matrimonio no gozaba de prestigio: Concepción era una antisocial, quizás estéril, y Romagosa un misterio del que era mejor no conocer demasiado. De cualquier modo, siguieron viéndose en el comité, casi todas las noches. El Gallego llevaba las cuentas de los gastos y pensaba en dónde concluir la velada. Romagosa escribía volantes, defendía a los próceres, lidiaba con los sectarios. En uno de esos encuentros, durante una discusión sobre la candidatura de Juárez Celman, volvieron a dirigirse la palabra.

–Contigo no se puede ser dogmático –dijo el Gallego.

–Los que no tenemos pastor ni corral, debemos esforzarnos para que nos escuchen. O corremos el riesgo de que nos vomite Dios.

–¿Y qué hay de tu casa?

–Concepción quiere que admita que tengo una amante.

–Te lo dije, y me costó un golpe.

–Tiene que aprender a seguirme, Paco. Yo no me voy a detener.

Es cierto que Concepción no era una mujer dócil, que reñía por cuestiones de poca monta, que celaba las ambiciones políticas de su esposo, que exageraba su soledad, pero a mi juicio nada de eso absolvía a Romagosa. Tenía una mujer que lo esperaba entre sábanas tibias, un regazo en el que llorar. Conozco a mucha gente que ha peregrinado toda la vida tras una mujer así.

El empeño que puso el Gallego en ayudar a recomponer las cosas resultó en vano. Menos con los padres de Concepción, habló con toda la familia y la mayoría no supo qué decirle. Para peor, con Juárez Celman en la presidencia, se generó tal entusiasmo que fue imposible encontrar un liberal fuera de los comités.

Concepción pareció bajar los brazos. Descolgó los tapices y los paisajes provenzales, dejó las lámparas indispensables para no tropezar de noche con los muebles y le pidió a sus padres que disminuyeran la frecuencia de las visitas. Quizás no podía reconocer que no dormía hasta que lo escuchaba llegar, que le sobraban ganas de abrazarlo para que él se sintiera seguro. Quizás no tenía otra forma de llamar la atención que oscurecer la casa y revisar los papeles de su escritorio en busca de una señal.

–Se quiere suicidar –le dijo al Gallego, después de una de sus requisas, y le alcanzó un texto escrito con tinta reciente, en el que Romagosa reivindicaba el suicidio.

"Y así ha avanzado la vida –leyó el Gallego–, entre muchísimos sorbos amargos y pocos, poquísimos dulces. A veces, la sociedad, con sus hostilidades inexorables, precipita a los desdichados al abismo. Cuando el hombre se ve abrumado por el dolor, se retuerce, forcejea, lucha, pero si el conflicto se prolonga demasiado, cede y se destruye, por la misma ley que estalla una cuerda excesivamente tensa. Para ciertos conflictos íntimos, el suicidio es una solución ineludible". Había un brillo inesperado en los ojos de Concepción, como si después de escucharlas le hubiese perdido el miedo a las palabras. O acaso pensó que su esposo ya no era un rival sino alguien pidiendo auxilio.

–¿Qué puedo prometerle, Francisco? –dijo.
–Seguirlo. Nada más.

Nadie puede decir que Concepción desdeñó el consejo. Quizás no haya hecho todo lo que hacía falta, pero redujo los reproches, compartió con su esposo algunas de sus muchas horas de biblioteca y hasta lo acompañó a varios encuentros. Claro que él también aportó lo suyo y al menos por un tiempo regresó más temprano a la casa.

Una noche de mayo ofrecieron una cena. Cubrieron la mesa con vajilla de plata y copas de cristal que Romagosa había sacado del negocio y se vistieron como si Mozart en persona fuese a darles un concierto. Ella había hecho desde los bocaditos hasta las cremas del postre y él había conseguido varias botellas del mejor vino. Don José y doña Delfina, el matrimonio Vendrell, el Gallego y su hermano, los escucharon preguntar por la vida de cada uno, hacer bromas, hablar del futuro. Antonio estaba tan entusiasmado con la nueva versión de la pareja, que propuso repetir las reuniones más asiduamente.

–O al menos prolongar ésta –dijo, durante el café.

–Podríamos jugar a decir algo que no hayamos dicho antes –intervino Romagosa.

A nadie le pasó desapercibido que doña Lola apretó la pierna de su marido, que Baudelio se movió en el sillón y que el Gallego mismo procuró mirar hacia otro lado.

–Empiezo yo –dijo Concepción–. Estoy encinta.

El relato del Gallego sobre lo que pasó después, se asemejó mucho a una confesión: "Va a tener que perdonarme –me dijo–, pero me angustian las mujeres embarazadas. Sé que no es lógico sentir de ese modo y mucho menos hacérselo saber a usted, pero tengo que decir la verdad. Me costó sentirme feliz. Le juro que me retorcí, que hice todas las muecas posibles y hasta le di un beso a Concepción, pero no pude parecer sincero. Hasta que vi sonreír a Romagosa. No recordaba haberlo visto de esa forma, tan cercano, tan satisfecho. Le abracé. Le abracé con fuerza, y hasta me animé a decir que lo quería". A pesar de que había prometido no inmiscuirme demasiado, debo decir que fue tan intensa la manera en que el Gallego me habló de aquella cena y es tan largo el silencio en el que aún viven sus protagonistas, que hoy me siento obligado a rebelarme contra los que han callado, contra los que se esconden, contra los que acaparan. Tal vez sea ese mi deber: señalar al evasor, al tímido, al manifestante, al confesor. A las infinitas formas que usa la soledad para enmascararse.

Durante el embarazo, Romagosa dejó crecer su bigote, habló de negocios con mayor frecuencia y ya no quiso decir a nadie la edad que tenía. Se paseaba con el mentón en alto, saludaba a todos con una reverencia, hablaba menos. Presentía que ser padre era una condición que le estaba reservada sólo a él, y cuando nació el hijo, ya no tuvo dudas: parecía

alguien distinto a todos, un hombre a la vez individuo y género, un ser inmortal.

Naufragó, claro, en el terreno práctico. Decía
tener sus propias ideas sobre la crianza, los valores
que había que infundir, la educación que debía tener
el hijo, pero carecía de la habilidad para llevar todo a
cabo. Creía, por ejemplo, y en eso no era muy diferente a los demás, que un padre no tenía que tocar demasiado a su hijo, y pasaba largos ratos contemplándo-
lo sin animarse a una caricia. Puede que tampoco
Concepción le haya facilitado las cosas. Se había aferrado a Carlitos Zélmar como a un tesoro personal y
rechazó una a una las nodrizas que le propusieron
para ayudarle. Lo hacía todo sola. Hasta para higie-
nizarse llevaba al hijo al cuarto de baño y lo metía
con ella en la tina.

Romagosa la encontró una tarde arrullando al
bebé sobre la cama matrimonial, con Lola y Baudelio
al lado. Parecían una familia alegre. El abuelo levantaba a la criatura y la meneaba hacia uno y otro lado
para hacerla sonreír y cuando lo conseguía, doña
Lola besaba a su hija o estiraba los brazos y jugueteaba con el nieto también ella. Romagosa estuvo un
rato apoyado contra el marco, sin entrometerse.
Concepción le hizo señas para que se incorporara al

juego, pero él dio un paso y se detuvo. Esperó a que sus suegros se enteraran de su presencia, los saludó con un escueto buenas tardes y les dijo que necesitaba libre la habitación.

Concepción nunca dijo nada sobre lo sucedido. Siguió mostrándose condescendiente y hasta cariñosa con su marido aun cuando sus padres no volvieron a visitarlos. Romagosa pensó que era lo justo, que por fin su esposa lo había entendido y que de allí en más iban a ser una familia como cualquiera.

Carlitos Zélmar no perdería el tiempo que él había perdido, empezaría de niño a dibujar las primeras letras, a escuchar los primeros poemas. El hijo sería mejor que el padre porque tendría un padre que lo guiara, porque no le haría falta estrellarse contra cada muro para aprender las cosas, porque llevaba desde la cuna un apellido protector.

Don José le prestó el dinero para instalar un bazar moderno, con un crédito de la provincia compró cuarenta y seis solares y empezó a edificar la casa soñada gracias al Banco Constructor. Se lanzó a endeudarse como si la ventura económica dependiera de la determinación y la voluntad antes que de la astucia y el oportunismo. El hermano del Gallego le había dicho decenas de veces que la situación del país no estaba para tomar dinero prestado, pero él no le hizo caso.

–No te entiendo, Antonio –llegó a decirle–. Hay que apuntalar al gobierno en tiempos de conspiraciones.

–Pues no uses los puntales que te sostienen a ti, o caerán ambos y no tendrán a nadie que os levante.

–Imparcialidad no es lo mismo que indolencia. Eso creo.

El Gallego respaldó sin críticas la teoría de Romagosa sobre la independencia. Los dos pensaban que la fuerza de una idea no depende de cuántos la sostienen sino de la libertad con que se la discute, y que por esa razón, los partidarios, cualquiera fuese su partido, admiten a los enemigos pero no a los emancipados, que para un fanático no hay nada peor que un librepensador. "Los dogmáticos –me decía el Gallego– son contrarios al progreso. Porque, como bien ha apuntado ese tal Wilde, estrangulan las ideas nuevas haciéndolas pasar por el embudo de sus deseos, sus necesidades, sus prejuicios. Aunque para serle sincero, y si me permite una clase de filosofía sencilla, el único motivo por el que existen los dogmas, es, como en todos los casos, el afán de supervivencia de quienes los sostienen. Se sienten seguros, a buen resguardo, porque aunque pierdan la batalla, siempre habrá sobrevivientes que rescatarán sus verdades. Eso de que a la historia sólo la escriben los que ganan es una estupidez magnífica. El Cristo es la prueba más evidente de cómo un perdedor puede imponer la versión oficial. Por el contrario, quienes no pertenecen a ningún bando no tienen a nadie que les rescate y la historia les olvida por completo".

Una mañana, Concepción llegó por sorpresa al bazar, con el hijo en brazos, y Romagosa no estaba. El socio le dijo que había salido para cerrar trato con unos proveedores pero que no tardaría demasiado. Ella se sentó a esperarlo detrás de las estanterías y a los pocos minutos lo escuchó llegar.

–Perdona la demora, Luis –dijo Romagosa–. No logramos que los conservadores entiendan que hay que sostener a los gobiernos de los Juárez.

Concepción surgió de entre los anaqueles.

–A tu hijo no le importa lo que pase con los Juárez –dijo, y pidió que le abrieran la puerta.

Romagosa le dijo al Gallego que el incidente había sido una tontería, que cuando llegó a su casa

Concepción lo recibió como siempre, que cenaron juntos y hasta conversaron sobre las dificultades económicas que empezaba a tener el negocio. Pero esta no era la única versión que tenía el Gallego. Unos vecinos de la casa que habían alquilado Lola y Baudelio le dijeron que las visitas de Concepción se habían vuelto más que habituales, y que en una de las últimas la vieron entrar con una valija. Por supuesto que no tomó al pie de la letra el chisme, pero le sirvió para saber que Romagosa ya no era un vocero confiable de su vida íntima.

El día en que me mostró el escrito de Romagosa que me dispongo a reproducir, el Gallego cambió su gesto relajado por otro de cierta solemnidad. Recuerdo con precisión que abrió un baúl, sacó una carpeta y me preguntó si estaba preparado. "De lo contrario –dijo–, le sugiero que guarde esto y lo copie una vez que finalicemos". Le agradecí, pero en aquel entonces pensaba que no me hacía falta tomar recaudos. Acepté la carpeta e hice mi trabajo:

"Era una tarde fría –escribió Romagosa–. Otoño del noventa. Cerré el negocio y como todas las tardes emprendí el camino a casa, con ganas de mirar la ciudad. Sobre las montañas, el sol dejaba las marcas de una herida sangrante. Los faroles estaban encendidos. Decían que el país olía a revueltas pero yo no percibía ese olor. Llevaba puestos un gabán y mi gorra negra, y parecía probable que con ese ropaje y mi bigote algunos me temieran. Cuando llegué a la Calle Ancha, vi a los coches de plaza que circulaban sin gente y apuré el paso. Al llegar a casa, abrí y saludé sin esperar respuesta. Estaba oscuro. Concepción debía haberse dormido con el niño. "¡Concepción!", dije, con un tono moderado, y ella no respondió. "¡Concepción!", repetí, con algo más de vigor, y obtuve el mismo resultado. Escuché pasos. La cocinera venía hacia mí con un candil en la mano y pude verle unas gotas de sudor en el cuello. Benigna Arias era una mujer gorda que con cada kilo de peso guardaba otro de fidelidad. "No se esfuerce, patroncito –me dijo–. La señora ha salido con el niño hace un buen rato". Su voz se escuchó trémula, tanto que no me animé a preguntarle si pasaba algo. La ansiedad y la incertidumbre me guiaron para no tropezar en la oscuridad. En el dormitorio, todas las bujías estaban encendidas. Vi una fotografía sobre el edredón, la que antes estaba en la sala, la de mi mujer y mis suegros. Es una hermosa mujer mi Concepción, pensé mientras la miraba. Imprevisible, tozuda, pero hermosa. Hacía meses que no me miraba con la inquietud con que mira esa fotografía. Encajada en el marco, había una nota: *Regreso a España con el niño. Desconozco a dónde te diriges, pero no podrás llevarnos."*

Romagosa salió de la casa como una exhalación, consiguió un coche y en menos de quince minutos caminaba por los andenes, preguntando.

—Creo que los vi subirse al tren de la tarde –le dijo el sereno.

Quiso caminar, sentir el chasquido de sus pasos en la noche. Caminar y cerciorarse de haber hecho las cosas como correspondía, de no ser culpable. Cuando llegó a la casa del Gallego, ya tenía una estrategia y no quiso revelarla. Le hizo una síntesis de lo que había pasado, sin pormenores, sin siquiera preguntarle qué pensaba.

—Sus padres la convencieron –le dijo.

El Gallego prefirió no hacer acotaciones. Le preparó un té, la habitación de huéspedes y se quedó en la sala hasta que supo que se había dormido.

La opinión de Romagosa sobre el lugar que tenían que ocupar las mujeres en la sociedad está impresa en un discurso que leyó un 25 de mayo. Dijo que en la lucha que sostienen los hombres, la mujer no debe enconar los ánimos sino serenarlos, que tiene que jugar el rol de la palmera en el desierto y no perder su aureola de idealidad. El texto fue escrito varios años después de que Concepción lo abandonara y su lectura hacía suponer que esa circunstancia le había enseñado poco. Pero las cosas son aún más complejas. En aquella velada, al mencionar a Moreno, Castelli y San Martín, recordó que uno había muerto en el océano, otro de pesar, y el General en la más amarga y desesperante de las soledades: la del ostracismo. "Los héroes de la epopeya nacional –dijo–, como los héroes de todas las epopeyas, fueron víctimas del infortunio". Traigo esto a colación, porque el

25 de mayo de 1910, a cien años de la gesta de los revolucionarios, y cuando debíamos empezar a trabajar en la segunda parte de la historia de Romagosa, internaron al Gallego por un ataque de locura. Sus criadas lo encontraron en la cocina, desvanecido, en medio de decenas de platos hechos trizas. Diez días después, al salir de la clínica, ya no era el mismo. Tenía la piel pegada a los huesos, le quedaban pocos mechones rubios entre las canas y actuaba como si todo hubiese dejado de interesarle.

El hermano del Gallego, que desde hacía poco era jefe de policía, le dijo a Romagosa que no iba a llegar a tiempo para impedir que el hijo saliera del país.

—Entonces tendré que defenderme contándoselo a todo el mundo.

—Empeorarás las cosas. Lo mejor que puede sucederte es que el asunto se olvide rápido.

Aunque no lo admitiera, Romagosa opinaba que los martirios se tornaban respetables cuando eran públicos. Pero en este caso no alcanzó a dimensionar la caterva de cuenteros y murmurantes que se lanzarían a distorsionar las cosas una vez que él mismo les abriera las puertas. En poco tiempo tuvo que reconocer que no sabía cómo enfrentarse a los rumores.

—No creo que darles la razón sea una buena idea —le dijo el Gallego—, pero no conozco otra mejor.

Romagosa fingió olvidarse de lo ocurrido y se tomó a pecho uno de los tantos consejos que le dieron: "Lo que te abandona, como compensación, te libera". Acordó con su socio del bazar una reducción de su trabajo y sus ingresos, reunió al Gallego y al hermano y les anunció que desde ese momento iba a dedicarse a la política tiempo completo.

—Los gobiernos de los Juárez naufragan y requieren de gente tesonera —les dijo.

—Los gobiernos de los Juárez están ahogados —retrucó Antonio—. A Miguel se le ha desbandado la economía y encima insiste con gobernar a espaldas de Roca. Y a Marcos lo acusan hasta de hacer negociados con los faroles a gas.

Pero no había más que dos opciones, trabajar para los Juárez, o contra ellos, y Romagosa no era un conspirador, ni un cobarde.

—Quieres entrar en la política grande por el camino al barranco —dijo el Gallego—. Tienes que esperar, y confiar en el General.

Unos días después murió la esposa de Roca y el Gallego le refregó en la cara su falta de confianza en el azar. Le comunicó que el General iría a descansar a la estancia de la familia y que tenerlo triste y a cincuenta kilómetros era una oportunidad para no desaprovechar. Al principio, Romagosa pensó que el Gallego desvariaba, pero a poco de analizar la cuestión llegó a las mismas conclusiones. Ahora Roca sabía lo que era perder, ahora entendería a un hombre que buscaba el rumbo, ahora podía compartir su desgracia.

–Oí que no estará solo –dijo el Gallego–. Su concuñado, el presidente, vendrá también.

–Pero eso no es bueno. Roca ha dicho que lo único que puede esperar de Juárez Celman son maldades y bajezas. Con ese ambiente no podemos arriesgarnos a pedir una audiencia.

–La desgracia hará su trabajo, Carlos. Y Antonio el resto.

Antonio, el Gallego y Romagosa llegaron a la estancia un domingo, algo demorados por la lentitud del tren. Tomaron un almuerzo frugal, durmieron la siesta y a eso de las cuatro de la tarde se sentaron en el parque, bajo dos enormes tipas. Unos minutos después, aparecieron los Juárez.

Pese a que había trabajado en su campaña, Romagosa nunca había visto de cerca a Miguel Juárez

Celman. Ahora, mientras le estrechaba la mano, se
daba cuenta de que, aun conmovido por la muerte de
su cuñada, el presidente le hacía honor al retrato que
sus edecanes habían hecho de él: simpático, no tan
duro como para temerle ni tan recto como para respe-
tarle, pero hábil para hacerse querer. Después saludó
a Marcos. Lo había visto varias veces y se había formado de él su propia opinión. El gobernador era un
hombre diligente, para nada austero, que tanto
amaba su imagen pública como los gallos de riña y
los panales de abejas. Romagosa sabía que para los
Juárez él era un joven difícil de manejar, pero también que las dificultades de sus mandatos no admití-
an delicadezas a la hora de reclutar aliados.

Miguel Juárez Celman se disculpó por su estado
de ánimo.

–Tengo que repartirme entre el consuelo a mi
esposa y mi propio dolor. Además, claro, están las
cosas de la presidencia.

Después dio una larga explicación sobre la
influencia del mercado externo en la suba del oro y la
irresponsabilidad de las provincias en la emisión de
papel moneda sin respaldo, y elogió por riguroso un
comentario de Romagosa sobre el papel de la oposición. El intranquilo era Antonio, porque pasaban los

minutos sin que se hablara de la sucesión en la provincia, y sabía que cuando llegara Roca ya no iba a tocarse el tema. Empezó a moverse en su asiento y Marcos Juárez fue el primero en percibirlo.

–¿Necesitas un sillón más grande? –ironizó.

–Ciertos asientos no son para cualquiera.

El gobernador lanzó una mirada artera y dijo que tenía razón, que no había nadie con el futuro asegurado.

Serían las cinco cuando llegó Roca, todo de negro. Abrazó al presidente con cierto melindre y estrechó la mano de los otros.

–¿Romagosa? –dijo.

–Lamento conocerlo en estas circunstancias, General.

–Voy a tener que acostumbrarme. La suya, en cambio, es una angustia inconclusa. Créame que lo compadezco.

El Zorro no desconocía los terrenos que pisaba, pero le gustaba mirar hacia otro lado, para que a su alrededor todo luciera circunstancial. Con él presente, ni Juárez Celman se animó a soltar la lengua y la conversación se malogró.

–Hace falta una renovación de nuestros hombres públicos –dijo por fin el Gallego.

Roca advirtió en los ojos de los Juárez el impacto del exabrupto.

–Vamos a dar un paseo –dijo–. Estos hombres tienen asuntos para discutir.

Tomó a Romagosa y al Gallego de un brazo y los llevó a caminar por el parque.

–He estado pensando en pedirle a Thays que diseñe un lago para la estancia. Y cuando vuelva a ser presidente voy a mandar a construir un hotel por acá cerca. No quiero que nadie me ronque en la oreja.

–Carlos es un defensor apasionado de la libertad y el progreso –insistió el Gallego.

Roca se detuvo y giró su rostro hacia el sol.

–La adulonería es un mal necesario. Estoy rodeado de gente que me seguiría aunque me pusiera sotana...

–General –lo interrumpió Romagosa.

–...pero la suya, caballero, es una especie escasa. Obedecer a las convicciones tiene su valor.

–Quienes hemos perdido mucho sabemos que hay algo que no pueden quitarnos, General. Usted es un visionario. Ha revolucionado el transporte, las comunicaciones, la industria, la educación. Pero hay otras señales, la austeridad, por ejemplo. Hay muchos hombres públicos registrando tierras a su nombre.

–No se alarme, muchacho –dijo Roca, mirando hacia la extensión del parque–. Tierra es lo que sobra en esta parte del mundo. Hombres hacen falta.

Nadie tuvo que contarle a Romagosa lo que sucedió después de aquella charla, la deuda que se multiplicaba, la inflación imparable. No se enteró por los diarios que los jóvenes de la Unión Cívica habían gestado una revuelta, que el Zorro la alentó primero y la sofocó a tiros después, que Miguel Juárez renunció a la presidencia, que Marcos echó de la policía al hermano del Gallego antes de dimitir también él. Romagosa sufrió en carne propia el descalabro. A los amigos los desparramaba el viento y él seguía aferrado a sus certidumbres, sin saber para qué cuernos le servían en esos tiempos de sálvese quien pueda, cuando las ideas parecían piedras atadas al cuello. El edificio endeble que había construido se le estaba cayendo a pedazos. El bazar fue a la quiebra, el banco le arrebató la casa a medio terminar y el martillero Pedro Gordillo invitó al remate de sus bienes con un aviso implacable: *¡Atención pichincheros!*, decía la convocatoria.

–Antes que dejarle las propiedades a las hienas las compramos nosotros –le dijo el Gallego–. Después me devuelves el dinero como puedas o vendemos todo a un precio decoroso.

–Ni lo intentes, o te reto a duelo –amenazó Romagosa.

A los solares se los llevó un oportunista que pagó el uno por ciento de lo que habían costado. El juego de dormitorio fue a parar a manos de un hombre que buscaba un regalo de casamiento, a los roperos los compró un comerciante de muebles viejos y a las mesas de noche, un coleccionista. Sentado en un rincón de la sala, el Gallego se remordía para no intervenir y Gordillo le sonreía. Cuando apenas quedaban cuatro o cinco personas y lo único que faltaba subastar eran los frascos de confites, el martillero preguntó si alguien daba algo.

–Yo –dijo el Gallego y ofreció una suma irracional.

Cuando se los adjudicaron, se acercó a los frascos y levantó uno con delicadeza.

–¡Sois unos hijos de puta! –gritó, y lo partió contra el piso.

Por esos días, Romagosa se había recluido en casa de sus padres. Como si fuera un simulacro de muerte, se encerró en su habitación de niño y no dejó entrar a nadie. Su madre intentó en vano frustrarle el experimento cocinándole sus platos preferidos, pero Romagosa no probó bocado durante dos días y cuando por fin salió al pasillo cayó de bruces y le llevó una semana reponerse.

Creo que supo enfrentarse a todo menos a la soledad y que fue su testarudez lo que le impidió combatirla. Por mucho menos, el Gallego metía su orgullo en cualquier agujero. Según me dijo, a aquella chica de la que se había enamorado en el burdel, por ejemplo, le pidió cierta vez que lo acompañara a una cena y fingiera ser su prometida. Le compró ropa, la llevó del brazo y la alentó a opinar como cualquier señora. Todos descubrieron que era una puta, pero él siguió adelante con la farsa e incluso la repitió ante otra gente. Pero Romagosa era distinto. Estaba entrampado en su valoración del honor. "Tenga en cuenta que para personas como él –me dijo el Gallego– un fracaso honorable suele ser un éxito".

Romagosa había sido un buen pelotaris en su juventud. Le gustaba el frontón porque lo ponía a prueba, porque podía enfrentarse a sí mismo, como su padre en el ajedrez. De un lado jugaba el Romagosa que le pegaba a la pelota como una mula y, por rápido que ésta volviera, jamás superaba su línea. Del otro, el que usaba los saques oblicuos, a los rincones, el que manejaba con destreza el cerebro y la muñeca. Después de contar los tantos, asumía el papel del perdedor y se quedaba dando cestazos sin sentido, oyendo cómo el eco de los botes confirmaba su derrota. Tras el saqueo de sus bienes, volvió a pisar el frontón de don Urbano y entró rápidamente en ritmo. Dos o tres meses le bastaron para convertirse en el jugador de defensa perfecta y ataque mortífero, el más temido de la ciudad.

Cuando Chiquito de Eibar llegó de visita, la comisión directiva del club lo eligió para el partido de exhibición. Pero en el ánimo de Romagosa no estaba dejar que la oportunidad pasara de largo. Volvió a usar la cesta que su padre le había hecho con el mejor castaño español y corrió cada pelota como si fuese la última. A los cincuenta minutos de juego, cuando llevaba una ventaja de dos tantos y el vasco empezaba a indignarse por la euforia de la gente, miró a los organizadores y con la cabeza les comunicó que pensaba aprovechar su momento. Sacó con toda la potencia que pudo, pero a esa altura el mejor jugador del mundo se había tomado en serio el desafío. Una hora después de su digna derrota, parado junto al Gallego en la esquina del frontón, recogiendo felicitaciones, se le ocurrió devolverle la sonrisa a una chica que caminaba del brazo de su madre.

–Mantenga la cordura –le dijo la mujer–. Usted es un hombre casado.

El Gallego no lo dejó responder. Lo aferró de un brazo y lo alejó de los festejos oficiales.

–¿Qué tengo que hacer? –preguntó Romagosa.

–Pasar a la clandestinidad.

Romagosa volvió a preguntar por Krystina.

—¿Sigue trabajando?

El Gallego rió. No sólo que de esos trabajos no se salía, sino que el tiempo había transformado a Krystina en una criatura rencorosa y servil. Ahora, si bien escogía con esmero el color del rouge y le quitaba botones al escote, no obtenía de los hombres más que compasión, en el mejor de los casos.

—Busca en otro sitio.

Romagosa no le llevó el apunte. Averiguó la hora en que ella llegaba al burdel y se paró a esperarla en la vereda de enfrente. Krystina nunca llegó. O llegó por otro lado. Él estuvo un rato espiando a las putas y a los clientes, pero no se animó a entrar. No era lo mismo encontrarla en la puerta, casi de casualidad, y comprobar por sí solo cuán honda había sido su debacle, que preguntar por ella y perder la chance de dar marcha atrás cuando apareciera.

Como ante cada contratiempo, se recluyó en sus cosas más próximas: las lecturas, los poemas que borroneaba, la corrección de algunos originales que le hacían llegar aspirantes a literatos. Poca cosa para forzarlo al olvido. Terminó pidiéndole a su padre que le dejara hacer los viajes de entrega de aguardiente y pasó largas horas de carreta y polvo en las que escribía ideas sueltas, en algunos casos recurrentes como la de repatriar al hijo, en otros directamente fantasiosas como la de ser presidente de la Nación. Las notas terminaban hechas un bollo o archivadas en lugares que no volvería a registrar. Por suerte estaba el Gallego, que nunca había dejado de ser algo así como su conciencia corpórea, su grillo parlante, el único capaz de objetarle las ocurrencias sin lastimarlo. Y Antonio, siempre empeinado en financiar esa amistad.

–Es hora de que vayas pensando en el sillón de Rivadavia. Roca te quiere en las listas –le dijo el Gallego, que por pedido de su hermano lo había mandado a llamar para cumplirle el sueño.

Romagosa dejó entrever un mohín de satisfacción.

–Espero que sepa que mi independencia no está en juego –dijo.

Fue así que el ¡sí, juro! del diputado Carlos

Gerónimo Romagosa retumbó en el recinto con la voz de Castelar, con la de su madre y el techo de jarillas, con la del negro muerto de un tiro en el pecho, con la del abandono, con la del hijo. ¡Sí, juro!, y quienes lo oyeron sabían que se trataba de una alarma.

Sus primeras intervenciones justificaron el temor del oficialismo pero no alcanzaron a convertirlo en el gran orador que quería ser. Eso le llegó unos meses después, cuando inauguraron el molino de Tillard y Croccel, dos franceses que habían comenzado con una atahona tirada por caballos y ahora pretendían vender harina a las panaderías de París.

Ninguno hablaba bien el castellano, pero lo mismo Tillard quiso hacer la presentación. Como era lógico, no le salió una palabra. Al principio resultó simpático: un francesito nervioso balbuceando frases sin sentido era, cuanto menos, una imagen tierna. Pero se obstinó demasiado y la gente empezó a inquietarse. Croccel se miró el lazo del cuello, el gobernador Pizarro agachó la cabeza y hasta los panaderos sintieron vergüenza ajena. Tillard revoleó los ojos buscando de dónde asirse.

–¡Eh!, vos, muchacho, contestá por mí –alcanzó a decir.

Romagosa se tocó el pecho y subió a la tarima. Lo

conocía desde niño, cuando su madre lo mandaba a buscar la cemita para el mate. Le dio un abrazo, se paró firme y carraspeó hasta que se acallaron las risas. En seguida tomó la mano del francés y la sostuvo en el aire.

–Manos como ésta han hecho por la patria más que todas nuestras bocas juntas.

Algunos a la fuerza, pero aplaudieron todos. Después habló de la inmigración francesa, de los vascos, los saboyanos, de las fábricas que habían promovido, de la moda que impusieron. Terminó transpirado, con las articulaciones duras de tanto constreñir los dedos. Hasta Pizarro, que semanas antes lo había calificado de imberbe con ínfulas, lo felicitó.

–Sonó a Castelar –le dijo, y Romagosa se dio el gusto de pensar que podía sostenerle la mirada el tiempo que quisiera.

–No sé hacer las cosas de otro modo, gobernador.

Los hombres del Zorro tomaron nota de que le sobraba talento y lo convocaron para esa misma noche al Hotel de la Paz, concientes de que una cita allí equivalía a una primera plana en el periódico. Romagosa le pidió al Gallego que lo acompañara, tal vez porque necesitaba espectadores.

Atravesaron el salón y se sentaron en la única mesa libre. Al arribo de los dos delegados, el Gallego interrumpió una de sus famosas anécdotas sobre los velorios de los angelitos, pero Romagosa le pidió que continuara. Cuando ya no sabía cómo estirar el relato, el más bajo de los enviados, un hombre rojizo que hablaba casi rumiando, hizo una síntesis del asunto: ni Roca ni ningún ciudadano de bien habían tolerado la escandalosa elección del intendente prohijado por Pizarro. Pero las cosas habían ido a peor. La pantomima del gobernador de blandir su renuncia como mecanismo de extorsión política no podía permitirse.

–El General recibiría con agrado un discurso suyo en la sesión de mañana –finalizó.

–El General no necesita mandarme a decir cuál es mi responsabilidad.

–¡Amigo!, entre camaradas no hay órdenes, hay coordinación de tareas.

–En una república no hay mejor coordinación que cumplir con la voluntad del pueblo.

Los mandaderos no tardaron en irse. Romagosa hizo una mueca de triunfo, pidió dos medidas de anís y propuso un brindis.

–Que Dios preserve nuestra autonomía –dijo.

El Gallego se contuvo para no insultarlo.

–¿No era que Pizarro había traicionado al pueblo, que benefició a sus amigos y parientes, que lo único

111

que quiere es perpetuarse en el poder? –preguntó.

–¡Por supuesto!

–Y entonces, ¿por qué no has aprovechado la oportunidad para quedar bien con Roca, que finalmente es por él que estás donde estás? ¿Por qué no le has dicho a sus recaderos que justamente habías pensado en destruir a ese ingrato en tu discurso?

–Porque la conciencia de los hombres no se aprieta ni se estira, se respeta.

–Lo único que yo he escuchado es que te necesitan –replicó el Gallego.

–Me necesitan hoy, pero debo mantenerme en paz conmigo. Sé que llegado el caso, no voy a traicionarme.

–Pues para mí la has fregado innecesariamente. No creo que esté tan mal sacar provecho legítimo de las habilidades de nadie.

–No me hagas penetrar en tu concepto de legitimidad que no vas a salir indemne.

Al día siguiente, las gradas de la Legislatura explotaban. Una mitad había sido ocupada por los estudiantes más rebeldes y la otra por los seguidores de Pizarro, reclutados entre los empleados públicos. Abajo, en el hemiciclo, las bancas también estaban completas. En los asientos de las autoridades, los enviados de Roca reían con ostentación. No había leyes significativas que discutir pero eso a nadie le importaba. Cuando anunciaron a Romagosa, se levantaron las ovaciones y los chiflidos.

–Me hubiese gustado hablarle al gobernador sin intermediarios –dijo–. Pero veo que es un enemigo que rehuye las batallas frontales. Sabemos que ha formado un club de gente cuya única afinidad es el servilismo o el parentesco. Le perdonamos el pecado. Al fin y al cabo, rodearse de aduladores es propio de la debilidad humana.

Siempre iniciaba sus discursos en ese tono, irónico pero sereno, y luego lo iba elevando de acuerdo a cómo reaccionaba el público. Entonces salía de la penumbra, inflaba el pecho y arremetía como un tifón.

–Sabemos que el gobernador ha producido un contraste violento entre sus promesas y sus actos, que traicionó su palabra de gobernar por sobre los partidos y formó un gobierno afecto al reparto de dádivas y cargos que vulnera todos los límites morales. Esto, que ya no es perdonable, puede entenderse: el señor Pizarro no ha querido salirse de la línea de los administradores sin ideales, que sueñan con el bronce mientras el pueblo se hunde en la resignación. Hasta aquí, no le imputaremos el delito de originalidad.

Pero resulta que en estos días, mordido en su amor propio por el fracaso de su gestión, ha montado una comedia en la que manifiesta renunciar indeclinablemente a su cargo, y después presiona a los agentes públicos, a las colonias extranjeras, a las Damas de Beneficencia y a cuanto besamanos puede conseguir, para que le firmen una solicitud pidiendo que retire la dimisión. Así se entrega a una representación teatral ramplona que desmerece su nombre y el de su gobierno, y convierte a la provincia entera en una farsa. Es hora de que esto se termine.

Escuchó de pie las ovaciones y miró hacia el palco donde los enviados ya no estaban. Luego, cuando se acabaron los aplausos, sintió ganas de seguir el curso de sus palabras, de saber hacia cuáles otras afluirían, dónde podrían bifurcarse o en qué recodos quedarían estancadas, pudriéndose o haciéndose pequeñas para no desaparecer. Pero un compañero de bancada le palmeó la espalda.

–Inmejorable.

–¿Servirá? –preguntó él.

–Tarde o temprano Pizarro va a renunciar.

–Lo que quiero saber es si cuando eso acontezca usted va a acordarse de mi discurso.

El Gallego me preguntaba cada mañana dónde

nos habíamos detenido con la narración, y aunque era notorio su ahínco, pocas veces lograba seguir un orden. Tenía que ser yo el meticuloso, organizar sus dispersiones, preguntarle varias veces lo mismo hasta ubicar los hechos en su tiempo y lugar. Aun así quedaban sueltas largas parrafadas, generalmente insustanciales, que casi siempre terminaban en el cajón de lo descartable. Pero lo que sigue es diferente. Hace apenas unas semanas noté que faltaba un hecho clave. Tanto es así, que su ausencia ponía en riesgo la publicación del trabajo. Pero después de horas de buscarlo, lo hallé escondido en un relato de época. Me pregunté si el Gallego lo habría hecho a propósito y la verdad es que prefiero no responder a esa pregunta. Los hechos cuentan que poco después de asumir su diputación, Romagosa intentaba enseñarle ajedrez al Gallego cuando sintieron una estampida y salieron a la calle. La policía había alertado sobre la rotura del dique nuevo y le había pedido a la población que se refugiara en los altos porque un torrente arrasaría la ciudad. La gente atropelló como pudo, subiendo de a tres o cuatro a cada caballo, atestando los tranvías, colgándose de los carros municipales. Las damas corrían ligeras de ropa, los curas dudaban entre rezar y ponerse a salvo, los temerarios ganaban lugares en los puentes para ver el espectáculo en primera fila. Pero el reporte era falso, y al cabo de unas horas pasó un comisario pidiendo disculpas. Desde la vereda de la Plaza del Caballo, Romagosa y el Gallego miraban a la gente que seguía escapando, sorda a los perdones y a la sensatez. Se desgañitaban explicando que jamás podrían inundarse porque el embalse estaba seco, pero los gritos no detenían a nadie. Iban a meterse de nuevo en la casa cuando vieron a una niña del brazo de su madre, caminando hacia ellos. "Parecen convencidos de lo que debe hacerse", les dijo la mujer. El Gallego explicó que había una campaña para desprestigiar a los constructores del dique porque eran amigos de los Juárez y que ése era el origen de la falsa alarma. La mujer se encogió de hombros. "¿Entonces nos quedamos tranquilas?", preguntó. "Por supuesto –dijo Romagosa–, palabra de caballero". La mujer pareció satisfecha y llamó a su hija, que miraba desconcertada el monumento del General y su caballo. "Vamos, María Haydée. Nos esperan en casa".

De todas las noticias que Romagosa recibió en su vida, la única que verdaderamente lo hizo feliz fue su designación como profesor de Historia y Geografía de la Escuela Normal. Se ufanaba de haberse apoderado del tiempo: enseñaba el pasado a las maestras del futuro y al presente lo mantenía a raya en la Legislatura. Pero la verdad es que no sabía por qué estaba tan contento. A sus padres les dijo que ser educador era una pequeña revancha que le daba la vida y en el comité no abrió la boca, pero entró con una sonrisa que sus conmilitones no habían visto nunca.

–¡Puta! –le dijo el Gallego–. ¡Vosotros los políticos acaparáis todos los trabajos!

Romagosa se quedó con los brazos a medio abrir, esperando la aclaración.

–¡Hombre, no me condenes de esa forma! Supongo que puedo volver la broma atrás.

–Puedes –dijo Romagosa, y sacó del bolsillo unos papeles–. Esta será mi primera lección.

–¿La has redactado antes de que te confirmaran el puesto?

–No, pero anoche no podía dormir.

Las mismas alumnas reconocieron haber aplaudido de pie su primera clase. Romagosa les había contado que la prosperidad de los héroes griegos despertaba la cólera de los dioses y que por eso vivían atormentados y morían de un modo trágico.

Nadie supo a ciencia cierta qué hizo Romagosa para que unas quinceañeras inocentes alabaran tamaña invocación a la desgracia. Algunos conjeturaron que ninguna de ellas había escuchado el contenido de la conferencia, que cualquier chica de esa edad se hubiese sentido atraída por un profesor misterioso que usaba la retórica para seducir. Reconozco que yo mismo acepté esa presunción, incluso después de que el Gallego me advirtiera que ninguno de sus contemporáneos tenía idea del calibre del hombre al que difamaba. "Romagosa –me dijo–, y que le quede grabado especialmente a usted, no sólo fue el hombre de moda, fue la sombra bajo la cuál se cobijaron muchos de nuestros héroes". Recién hace unos meses, cuando se suicidó Lugones y la prensa escribió que había muerto el más importante de nuestros hombres de letras, me acordé de la anécdota que, para validar su sentencia, me contó el Gallego en aquella ocasión. Lugones había ido a ver a Romagosa con la excusa de revisar el original de *Profesión de fe*, pero lo que en realidad buscaba era una carta de recomendación para probar suerte en la capital. Como suponía, Romagosa no lo defraudó. Tomó la pluma y el papel y escribió una nota dirigida a Mariano de Vedia: "Lugones tiene una imaginación más amplia que la de Almafuerte. Verá que por ahora pretende corregir los defectos sociales gritando indignado, pero cuando se convenza de que no puede exigirle a los hombres lo que no es propio de la naturaleza humana, entonces dejará el apóstrofe y usará la ironía. Se convertirá en uno de nuestros mejores poetas". Quizás Lugones creyera que merecía una recomendación así, que reconocer lo obvio no era un acto de generosidad. Quizás Romagosa pensara lo mismo. Pero en ese instante quiso adueñarse de un muchacho que tenía algo que a él no le había tocado en el reparto y llenó la nota de adjetivos. "El Parnaso de América espera únicamente a Poe y a usted", le dijo después de firmarla.

Le gustaba anticipar el tema que trataría en la próxima clase. El método mejoraba el nivel de concentración de las alumnas y lo obligaba a él mismo a ser preciso y original para que no lo incomodara ninguna pregunta. Pero cuando anunció que iba a dar detalles sobre la vida de Cleopatra, provocó un revuelo. Algunos padres temían que avanzara sobre los aspectos profanos de la historia y otros, directamente, lo acusaron de libertino.

El día de la clase, el profesor llegó vestido de gris, con un sombrero que le había visto usar a Castelar. Hizo un saludo parco, se paró en el centro del aula, y con el pecho por delante de la línea de sus piernas abordó las aventuras de Julio César. Al llegar a Egipto, abrió la ventana y pronunció:

–Cleopatra.

Los suspiros lo hicieron hinchar de vanidad.

–¿Qué cualidades y qué sortilegios poseía Cleopatra que hasta el gran Octavio, avasallado por la ira, tuvo que acudir al recuerdo de la muerte y la sangre para escaparle a sus encantos? Hermosura soberana, temperamento volcánico, imaginación tropical. Cleopatra, alumnas, era la imagen perfecta de la seducción.

María Haydée Bustos revolvió con torpeza en el

tintero de plomo y salpicó su uniforme azul a la altura del pecho. Romagosa la miró.

–Tenía un rostro peregrino, unos ojos grandes, negros, magnéticos; prendida con zafiros sobre los hombros, una túnica sutil transparentaba sus formas.

–Profesor –interrumpió María Haydée–, ¿cómo una mujer tan hermosa y llena de talento pudo entregarse a la miseria de la ambición?

–Porque Cleopatra, señorita, no tenía corazón.

"Don Tristán Bustos era un hombre mayor, con tres hijos a cuestas, cuando enviudó y su nueva mujer quedó embarazada de María Haydée". Después de decir esto, el Gallego miró hacia el naranjo del patio y me preguntó si notaba que su flor resumía a la humanidad entera. "Azahar –dijo–. Repita ese nombre varias veces. La fatalidad es griega, la contingencia es árabe. Ante cualquiera de las dos debemos resignarnos". Luego dijo, y he tomado apuntes de ello, que había algo irregular, asimétrico, en las facciones de María Haydée, pero que para describirla alcanzaba con recordar la sonrisa y el desconcierto del día de la estampida.

Con el afán de protegerlo, las alumnas acordaron no revelarle a nadie el contenido de esa clase. Pero Romagosa llevó un resumen al periódico.

–Tú estás loco –le dijo el Gallego–. Le has pedido a ese director comehostias que publique cómo se transparentan las formas de una mujer.

–¿Cómo te enteraste?

–Porque le ha dicho a media ciudad que has tenido la desvergüenza de llevarle una conferencia obscena creyéndola inocua.

–¿Y cuál es tu opinión?

–Que no deberías ventilar tus necesidades en público.

El atardecer ensombrecía la casa de Romagosa. El Gallego tiró de la leontina para ver su reloj.

–Mi reputación anda por los lupanares –dijo–. No me queda más que oler las axilas de las putas menos corrompidas y ya ni las puedo distinguir. Pero tú eres un hombre formal. Tienes que irte a un sitio donde no tengas pasado.

–Voy a responderte con Ulises: *Quiero y deseo todos los días que llegue el momento del retorno y volver a mi casa. Si algún Dios me agobia todavía con infortunios, los sufriré con ánimo paciente. Que me lleguen nuevos tormentos si es preciso.* Que te quede claro, Paco, no voy a abandonar el lugar que me pertenece.

–Ulises tenía una mujer por quien regresar.

–¿Supones que la grandeza de Ulises se reduce a una mujer? ¿Qué somos si no podemos vivir en nuestra tierra?

El Gallego caminó hacia un rincón de la biblioteca, arrastrando el índice por los lomos de los libros mientras buscaba una respuesta. Pensó en decirle que esa pregunta legitimaba el abandono de su esposa, que despreciaba la suerte de los inmigrantes. Pero no pudo.

–Seguramente prefiero la comodidad de verlo todo a ras del suelo –dijo–. Pero sé que mientras más me hundo, más solo estoy.

Romagosa se levantó también y se paró a no más de cincuenta centímetros del Gallego.

–Voy a contarte algo.

Lo llevó hasta el comedor. Sobre la mesa había un ramo de violetas tempranas que la mucama había puesto para atraer el amor a la casa. Romagosa le contó todo sobre la clase y le habló de María Haydée.

–Tiene la misma sonrisa de aquel día. ¿Te acuerdas?

–No –respondió el Gallego. Sin dudar.

La escuela percibió el cambio en la apariencia del profesor. Estrenaba lazos y sombreros, se engomaba el bigote, llevaba el semblante de un hombre que espera. Un día llegó perfumado con un mejunje de lociones que provocó una risita primero, luego una tos seca y finalmente una carcajada general. Entreabrió la ventana pero el rubor de las mejillas no se le iba. Cuando se callaron todas, volvió a su pupitre y las miró con una mezcla de rabia y desesperación.

Al cabo de varios días sin que se moviera un papel en clase, sospechó que el silencio formaba parte de un complot. Pudo haber optado por pedir perdón, o reírse un poco también, pero eligió combatir a su manera. Golpeaba los zapatos contra el piso antes de entrar al aula y con ese ímpetu abría la puerta, saludaba, irrumpía con una cita histórica y ya no paraba de hablar. Las alumnas, excepto María Haydée, decidieron jugar el mismo juego de su profesor: marcaron el silencio apretando los labios, bajando la cabeza, deslizando apenas la pluma sobre el papel. Lo hicieron de un modo tan ostensible que Romagosa estuvo a punto de aceptar que su método había fracasado. Pero en su forma de ver las cosas, ganar no era un concepto fugaz, al contrario, estaba seguro de que las victorias y las derrotas recién podrían atribuirse minutos antes del fin, cuando cada quién contara las veces que había traicionado sus convicciones.

–Considérate un hombre afortunado –dijo el Gallego–. Rubén Darío viene a la ciudad.

Almorzaban un guiso de mondongo. Con berenjenas, como Romagosa le había pedido a su cocinera. Cuando vio que ante la noticia no reaccionaba, el Gallego soltó la cuchara

–El Ateneo le prepara una bienvenida fastuosa –remarcó.

–Me alegro.

–Podrías demostrarlo un poco ¿no crees?

–Tengo mis reservas sobre Darío.

–Pues, te han propuesto como orador.

Romagosa bajó la cabeza para que no se le notara el cambio de ánimo.

–Hala –dijo el Gallego–, ya verás cómo cancelar tus reservas. Hoy mi problema no eres tú sino mi hermano.

Antonio lideraba el grupo de liberales extremos que, apenas enterados de la llegada de Darío, acusaron de mojigatos a los organizadores por auspiciar a un hombre que seguía creyendo en la redención de la cruz. Cuando la comisión directiva del Ateneo resolvió expulsarlos, armaron un escándalo que incluyó proclamas a viva voz a la salida de misa.

Es posible que Romagosa haya aceptado la invitación no sólo por vanidad sino también como una forma de respaldar al Gallego en la disputa con su hermano. A esta historia no le viene mal esa interpretación, mostrar que Romagosa podía descender de la lucha por la redención de los pueblos a la angustia de un hombre enfrentado con su sangre por cuestiones de Dios. Sin embargo, a Antonio le importaba poco que el Gallego formara parte del comité de bienvenida. Lo que no podía pasar por alto era que Romagosa ejerciera de presentador oficial.

–¡Eres un ingrato! –le gritó en una mesa del Hotel de la Paz–. Nos hemos desencajado las mandíbulas declamando la libertad, Roca en persona te convocó para eso y tú nos pagas recibiendo a este santurrón.

–No voy a desmerecer la pluma de Darío por discusiones bizantinas.

–¡No me hagas reír! Te has pasado la vida acusándole de insensible.

–Y también he dicho que es un gran poeta.

–Sigue acomodando las palabras. Darío es un chupacirios de lo peor. Y lo que yo creo es que él te importa una mierda. Te importas tú y ningún otro ser humano sobre la tierra. Y ahora veo que hasta eres capaz de renunciar a los ideales para subirte al pedestal.

Antonio tuvo un ataque de tos, pero aun así mantenía el índice en alto, sacudiéndolo a cada espasmo.

–¿Para ti y cuántos más ha sido hecha la libertad? –replicó Romagosa.

–¡Filosofía del culo! Tú enseñas en la Normal gracias a gente como yo. De otro modo estarías dando el catecismo y no podrías cortejar a ninguna alumna.

Romagosa no respondió. Prefería pensar que en ese momento sólo debía ocuparse de Rubén Darío, releer hasta el último de sus escritos, auscultar sus vaivenes ideológicos, su origen mestizo, deshuesarlo íntegro, para que el propio Darío se sorprendiera con detalles de su vida que posiblemente se le hubieran olvidado. Dejó al hermano del Gallego hablando solo y se internó en su biblioteca hasta el momento de salir a escena.

Ese día amaneció lluvioso. Romagosa se levantó decidido a no repasar el discurso y desayunó en la sala, con las ventanas abiertas, mirando hacia la plaza. Puede que sintiera que la lluvia era un puñado de aplausos disparados desde sitios imposibles, sin otro destino que desintegrarse en la caída, y que después se reprendiera por sentir así. A algún lado irían a parar esas cataratas de aplausos, esas gotas de lluvia. Habrá pasado una hora, tal vez dos, dándole vueltas al dilema. Cuando no pudo más, volvió a leer cada línea de lo que diría más tarde.

Le resultó difícil entrar al Club Social esa noche. Las veredas estaban atestadas de gente pugnando por un lugar privilegiado. Los organizadores habían invitado a las personalidades más importantes de la ciudad y como nadie desistió, a último momento tuvieron que agregar mesas para tranquilizar a varios notables.

El lugar lucía impecable, con las puertas recién lustradas, un camino de rosas rojas cubriendo las barandillas de las escaleras y los candiles dispuestos de tal forma que se veía solamente lo necesario. Ya ubicado en su mesa, Romagosa seguía aferrando los papeles del discurso. Todo estaba donde y como debía estar y sin embargo lo devoraban los nervios. Cuando la orquesta de Plasman arrancó con Mozart, pidió disculpas, dio un par de vueltas para hacerse notar ante María Haydée y recién al sentir que se había aflojado, volvió a su lugar.

–Bonita niña, la hija de don Tristán –le dijo el médico que se sentaba al lado.

Con palabras formales, el presidente del Ateneo presentó a Darío. Llevaba una barba mínima, frac azul y corbata blanca, y como Romagosa, tenía los ojos rasgados. En apenas diez minutos, repartió la fe absoluta para el creyente puro y el arte absoluto para el artista puro, dijo que la belleza y la fe llenaban de luz al mundo y se consideró un misionero de esas ideas. Lo aplaudieron de pie.

La orquesta arremetió con unos compases de Tomás de Vitoria y los católicos hicieron un silencio practicante. Cuando se acabó la música, Romagosa oyó su nombre. Subió a la tarima con pasos cortos, y al primer atisbo de flojera recordó que él era mejor que Darío, que sabía de los tonos de voz, de las pausas, de los énfasis, que seguía con atención las reacciones del público e iba modificando la entonación y algunos calificativos conforme las caras que veía. Acomodó las hojas en el atril, pero decidió no leer.

–Mi presencia viene a ser un paréntesis árido en el encanto de la velada –dijo.

Fue un comienzo sin sorpresas. Después apabulló con su erudición. Habló de Verlaine y los creadores del simbolismo, de los jóvenes a los que no le bastaba conocer el alma de los seres y pretendían conocer el alma de las cosas. Habló tanto y tan bien que muchos olvidaron el objeto del encuentro. El Gallego, sin embargo, sudaba frío. Por una parte, en media hora de discurso no había mencionado a Darío, por otra, tenía miedo de que dijera lo que pensaba: que la melancolía y el dolor eran sensaciones desconocidas para un poeta que gozaba de la vida sin preocuparse de nada ni de nadie. Y efectivamente, Romagosa no estaba hecho para la diplomacia.

–José Martí –prosiguió– es la personalidad más original que ha engendrado la América. Grande por su corazón, por su alma y por su talento. Vengo a tributarle mi gratitud porque murió por querer ver libre a su patria. Me hace pensar hondo y sentir intensamente. Pero cuando quiero deleitar mi espíritu sin recónditas tristezas, entonces leo a Rubén Darío. Un mago lapidario de la literatura.

Los primeros aplausos sonaron con intensidad dispersa, pero cuando el propio Darío se levantó de su asiento para aplaudir, entonces recibió una ovación.

Los periodistas comentaron que la conferencia había sido larga pero magistral, los escritores, que había tomado un vuelo altísimo. Evaristo Carriego le hizo saber que había dejado en la penumbra la figura del huésped. El Gallego no opinó lo mismo. Él escuchó a Romagosa hablar de los enemigos del simbolismo como si fueran los suyos, de adversarios que acribillaban con burlas mordaces, de demoler la envidia y la ignorancia con la palabra inspirada. Por eso, cuando Romagosa volvió a su lugar, el Gallego le concedió poco más que un gesto.

–Fue una maravilla –dijo–. Darío debería agradecerle al Ateneo haberte elegido para presentarlo.

–¿A qué apuntas? –preguntó Romagosa.

–A que a ti todo te parece poco.

Hubiera querido ser más severo, animarse a otra clase de verdad, pero siempre le pasaba lo mismo con Romagosa, lo veía fruncir el ceño y después encogerse de hombros, y nunca acababa de decirle nada concreto, como si tuviese miedo de lastimarlo o de inscribirse en su lista de enemigos. Después le pidió permiso y bajó hacia la escalera. En el hall de entrada alcanzó a María Haydée y a sus padres.

–Lo felicito –dijo don Tristán–. La organización estuvo a la altura del invitado.

Evelina miró disconforme.

–¿Algo no la ha satisfecho? –quiso saber el Gallego.

–Romagosa trató a Darío con aspereza.

–Sin embargo –la interrumpió su esposo– tú has visto como el propio Darío lo aplaudía a rabiar.

–Darío está feliz. El resto es vanidad de intelectuales –dijo el Gallego, y miró de pronto a María Haydée–. Y tú, ¿apruebas el discurso de tu profesor?

–Demasiado trágicos los adjetivos –dijo ella.

Cuando la familia Bustos se despidió, era cerca de medianoche y caía agua a baldes. El Gallego se quedó a esperar a Romagosa, que salió minutos después, con una mueca de alegría en la cara. Los aplausos seguían bajando, como las gotas de lluvia.

Varias veces durante su relato el Gallego se preguntó qué habría sentido Romagosa por María Haydée. Recuerdo que se ponía mal cuando mencionaba el tema, que repetía que la tenía al alcance de la mano y no se decidía a tomarla. Una mañana lo noté tan alterado que me lo llevé a caminar, pese a que no era fácil hacerlo a esa altura de su enfermedad. Había que ayudarlo a cruzar en las esquinas, soportar sus quejas hacia la gente y esforzarse para escucharlo, porque al aire libre su voz se desvanecía. Nos sentamos en un bar y hablamos lo indispensable para justificar el paseo. De repente volvió la vista hacia afuera y la posó sobre una mujer que apretaba el brazo de su hija. La niña sonreía. "Sonríe como María Haydée", dijo el Gallego, y después las vimos cruzar la calle y volverse lejanas otra vez.

Romagosa contó en clase que el emperador Augusto no tenía una sola conversación importante con nadie, incluyendo a su esposa Livia, si antes no la llevaba escrita.

–Y la quiso tanto –dijo, mirando a María Haydée– que le dedicó sus últimas palabras: ¡Ojalá vivas recordando nuestra unión!

Sintió que se había excedido en la intensidad de la mirada y para disimular giró hacia otra de sus alumnas y dijo que el amor y la muerte eran socios desprevenidos. Hilarina Gigena, una trigueña bien formada que se sentaba en el primer banco, entendió la cita a su manera y al terminar la clase le dejó una nota en el escritorio: "Cuando usted me mira –decía–, los años pasan de largo".

Esos equívocos alimentaron rumores y a la vez dejaron su marca en la relación con María Haydée. Romagosa no admitía que pese al origen confuso de las cosas igual podía fabricar un espacio sin prejuicios, un lugar para vivir fuera de las reglas, un futuro. Cuando llegó enero, viajó a las sierras a buscar respuestas y todos los días caminaba hacia una cima distinta, guiándose por el sol o amontonando piedras que le sirvieran de mojones para no perderse. A veces pasaba horas sentado en las alturas, conciente de que en algún momento tendría que bajar y ser parte del paisaje. Desde arriba, las cosas no lucían tan complejas. María Haydée era la mujer de quien se enamoraría, Carlitos Zélmar el hijo que tarde o temprano iba a recuperar, la ciudad un conjunto de edificaciones que no podían hacerle daño. Cuando empezaba a oscurecer y lo lejano no podía verse con facilidad, cambiaba de opinión. Quizás fue una de esa tardes, al caer el sol, que escribió aquella carta sobre la que montó su comedia. Dijo que no era suya, que la había encontrado entre las breñas, que llevaba el sello de un iluso, de alguien agobiado por tormentos infantiles y desgracias recientes, un hombre incapaz de encontrar las soluciones que le exigía esa mujer.

Nadie supo qué intenciones tuvo para llevar esa carta al periódico, pero sí que al recibirla, el director se restregó las manos. Con la edición del día siguiente, toda la ciudad interpretó que era Romagosa el que amaba inmensamente pero sufría mucho, y los conventilleros tuvieron otro motivo para defender sus argumentos.

El Gallego leyó el periódico y desapareció por unos días de los lugares públicos. No iba a permitir que Romagosa se escondiera, como hacía siempre en estos casos, y lo dejara solo para asumir la defensa de una causa casi perdida. Pero el Gallego no se imaginaba que durante su encierro, María Haydée le golpearía la puerta. Llevaba dos días sin saber nada de Romagosa ni de su carta, dos días de pensar que quizás fuese sano alejarse un tiempo y mirarlo todo desde lejos, y ahora la tenía a ella al frente suyo, con un vestido que cubría los tobillos y el mentón más firme. Tal vez correspondía sorprenderse y no mostrar la cara de preocupación que mostró, mientras la saludaba con un escueto buenas tardes y le franqueaba el paso hasta la sala. Le ofreció un té pero María Haydée prefirió acortar los tiempos.

–¿Qué sabe usted de mi relación con el profesor Romagosa?

El Gallego reaccionó con velocidad.

–Un poco más que el común de la gente.

–Mire que la gente cree saber mucho.

–¿Y en qué puedo serte útil?

–¿Ha leído su carta en el periódico?

–Tengo entendido que no es suya –dijo él.

–Pregunto si le ha prestado atención a cada párrafo.

–¿A cuando dice que todos los seres somos egoístas?

–No creo que eso lo alcance a usted. Pensaba en

otra cosa. Aquí tengo el recorte: "Si por cualquier causa me hirieras, no te lo recriminaría, porque muerta mi única ilusión, moriría también la única esperanza que me liga a la vida".

El Gallego leyó el resto. Para él, aquellas palabras eran la misma cantinela de siempre.

–¿Por qué lo abandonó su esposa? –preguntó María Haydée.

El Gallego hubiera querido describirle el miedo que sintió Concepción al destino que le esperaba junto a Romagosa, pero aun sabiendo que eso alejaría a María Haydée del peligro, aun teniendo claro que a él mismo se le abrían otras posibilidades con una respuesta así, priorizó el deber de la amistad.

–Porque era una loca –dijo.

A ella pareció bastarle.

–Gracias. Tendría que haber hablado antes con usted.

Aunque el Gallego no hubiera querido ser su confidente, aunque le dijo que era mejor que hablara con su tía Malvina o con sus compañeras de escuela, María Haydée se empeñó en contarle secretos. Le dijo que pasaba horas detrás de las puertas, escuchando conversar a los amigos de su padre, y que así descubrió que había decenas de imágenes de Romagosa diseminadas por la ciudad: la del caballero, la del revoltoso, la del vulnerable. Para el Gallego, no había por qué preocuparse demasiado.

–Cada quien se refleja en la vida ante cientos de espejos y trata de darle alcance a cada figura, aunque tenga plena conciencia de que va a resultarle imposible mantenerlas bajo control –le dijo.

La opinión que los demás tenían sobre Romagosa no fue lo único que escuchó María Haydée mientras espiaba las tertulias en su casa. Notó además que casi todos los visitantes sentían compasión por su padre, como si lo supieran víctima de una circunstancia que ignoraba. Varias veces quiso salir de su escondite y gritarles que no tenían derecho a sentir lástima, mucho menos a saborearla de ese modo traicionero, y se contuvo en nombre de todos los que quería, muy a pesar de ella misma. Sin embargo, como de alguna manera debía detener la humillación, decidió contarle a su familia lo que estaba pasando.

–Quiero hablarles –anunció en una sobremesa.

No tenía claro qué decir. Había que ir palabra por palabra, como Romagosa en sus discursos, escudriñando las reacciones y apoyándose en ellas para seguir hablando. Construir una verdad, eso tenía que hacer.

–No quiero escucharte –dijo el mayor de sus hermanos, y se levantó de la mesa. Los otros dos salieron tras él.

–Y bien, hija, ¿qué iba a decirnos? –preguntó su padre, y como María Haydée se mantuvo callada, insistió–. Hija, la escuchamos.

–Espere, Tristán –dijo Evelina–, no la presione. No ha estado llevándose bien con sus hermanos últimamente. Porque era sobre la relación con sus hermanos de lo que quería hablarnos, ¿verdad?

¿Qué tanto había para decir y para callar? Confieso haber pasado noches enteras pensando en eso, incapaz de meterme, en aquellos años jóvenes, en muchos de los pliegues de la existencia. No es que hoy me sienta demasiado hábil para entender la vida, pero ya no miro ciertas cosas con el interés morboso con el que las miraba. Comprendo entonces que el Gallego me haya reprendido cuando aseguré que era absurdo que Romagosa y María Haydée no hubiesen tenido relaciones íntimas, y que me dijera que resolviendo ese acertijo no llegaríamos a ninguna solución. Recuerdo que casi me tiró sobre la mesa un manuscrito de Romagosa, como si allí estuvieran contenidas las verdades innecesarias. "Tome –dijo– inclúyalo si quiere, pero deje salvada mi negativa".

"He concedido el día libre al servicio doméstico –escribió Romagosa–. María Haydée toca la puerta a la hora programada y la recibo en la sala. Tiene un vestido blanco con entredós de Venecia y el cutis fresco, pero está nerviosa. Para tranquilizarla le digo que hicimos lo correcto. Ella busca con la mirada las vetas de claridad que llegan desde el patio y entrecruza sus dedos enguantados. No busco otro permiso que el mío, dice. No me mira. Le pido que se siente. Me dice que no es fácil estar enamorada de mí. La confesión la expone, la desnuda, me paraliza. No quisiera ganarla con poco. Ella se quita los guantes y me ofrenda las manos. Las toco. Las toco por primera vez. Paso las yemas por sus nudillos. Es una caricia entre paternal y amante. Siento placer pero también dolor, porque sé que cada centímetro de piel que palpo la vuelve impura. Soy el único culpable y sin embargo sigo hasta frotar nuestras palmas, hasta que sus dedos recorren el contorno de los míos. Me dice que tengo el anular y el dedo corazón muy juntos y que eso significa que soy independiente e introvertido, pero que el corazón y el índice están separados, lo que me convierte en hábil para tomar decisiones. No puedo descubrir si eso ha sido una invitación o una queja. Siento calor en la entrepierna y me avergüenzo. No estamos haciendo bien las cosas, dice ella. La tarde moldea una penumbra irregular. Somos espectros de alrededores claros que casi no pueden verse. Acaricio su frente, las cejas, los párpados. La abrazo y paso minutos así. Ella se entrega y se resiste. Se hace tarde, me dice."

La tía Malvina admitió ser la persona indicada para averiguar lo que estaba pasando. Tenía buen diálogo con su sobrina y, como ella, un secreto que guardar. Una tarde la citó a tomar el té en su quinta y la llevó a caminar por el jardín. Le dijo que ante el más mínimo exceso de agua y sol, los lirios y las heliconias se marchitaban.

–A eso me dedico, Haydecita. A que las cosas no se marchiten antes de tiempo.

–Por eso los lirios están espléndidos.

–Tienes que entender los celos de tus hermanos, sobrina, nunca pudieron superar la muerte de su madre. En cierta forma, tú y mi hermana son invasores que se adueñaron del padre. Pero, a su modo, las quieren a ambas.

Después, Malvina cortó camino para finalizar el paseo, la invitó a sentarse en la sombra y le sirvió un refresco de aguamiel.

–Un cóctel para atraer la luna. En Grecia la llamaban melikratón y en Roma aquamulsum. ¿No te lo ha enseñado el profesor?

–El profesor no me ha enseñado otra cosa que lo debido.

–Sobrina de mi alma, estoy para ayudarte.

–Ayúdeme, entonces, y no multiplique una calumnia.

–Estás hablando como él, Haydecita.

–No sé qué sabe usted, tía, pero abordó mal el tema. Debió haberme preguntado qué hay de cierto, y luego interesarse por mi estado de ánimo, pero no ha hecho ninguna de las dos cosas.

–¿Es tarde para enmendar mi error?

–Hoy sí.

–Pues, olvidando a ese hombre vas a sufrir menos.

Aunque dio por terminada la charla, María Haydée entendió que su tía estaba en lo cierto y quiso poner en práctica sus consejos. Sabía que la estrategia tenía que ser sutil, que un ¿te sucede algo? echaría todo por la borda, así que de vez en cuando iniciaba una conversación insustancial y se anticipaba a cualquier propuesta inventando coartadas. Llegó a decirle que las cosas en su casa se habían desbocado, que sus hermanos le hacían la vida imposible y que hasta su madre se ponía de parte de ellos. Pero pasaba el tiempo y comprobaba que el olvido obedecía a otras reglas.

–Te necesito de aliada –le dijo Romagosa un día.

La vida de él no había cambiado. Las arengas que ayer usaba para apuntalar a los Juárez eran hoy defensas abiertas de su propia reelección, y si antes Roca lo había respaldado pensando en alguien que despejara el camino de malezas, ahora que asumía su segunda presidencia, necesitaba mantener a los gobiernos locales lejos de las intrigas del poder central. Por lo demás, cansado de analizar literatura ajena, Romagosa resolvió publicar su libro. Compendió escritos diversos, incluyendo sus publicaciones en los periódicos, alguna de sus clases en la Normal y hasta cierta correspondencia privada, y los editó bajo el pretencioso título de *Labor Literaria*. Su destino habría sido la indiferencia, de no ser por el estrépito que provocó su apología del suicidio. Hasta los liberales más osados la cuestionaron. Carriego, por ejemplo, le escribió una carta en la que se lamentaba de que un hombre lleno de talento hubiese caído en el pesimismo más triste y le preguntaba qué cosecha de ingratitudes podía haber recogido siendo tan joven.

"Mientras mayor es el ímpetu y la sinceridad con que se actúa en el escenario de la vida –le respondió Romagosa a Carriego–, más pronto se palpan los desencantos". La frase no era original, pero cuando la vi escrita sentí que mi indolencia tambaleaba, que era imposible resistir a ese tuteo con la muerte. "El mundo es un anfiteatro romano –continuaba– y los hombres, gladiadores destinados a luchar unos contra otros hasta dar muerte o recibirla. Quienes nacen sin el egoísmo y la desvergüenza como armas defensivas, y sin la intriga y la perfidia como armas ofensivas, entran al circo imperfectamente armados. Entonces la lucha se torna desigual, porque hay quienes sólo pueden ensangrentarse con su propia sangre y, al no poder dar muerte ni salvar su vida, únicamente aspiran a caer con honor".

Después de la publicación del libro, María Haydée entendió que había llegado el momento de actuar. Para tenerlo cerca, para vigilar sus pasos, pese a la oposición de su familia y de algunos directivos de la escuela, consiguió el cargo de secretaria en la Normal.

Puede que la relación haya recuperado la intensidad del principio, pero con Romagosa eso era un riesgo. Todos los días le demandaba algo nuevo, algo osado, pero al mismo tiempo le exigía mantener la distancia de siempre, más ahora, que algunos podían interpretar la cercanía no sólo como una prueba de la historia prohibida sino como un intento de disputar el poder en la escuela. A María Haydée la aturdían esas contradicciones, para ella las cosas podían ser más simples, terminar con todo de una vez, empezar de nuevo.

—¿Cómo puede discernir un hombre entre las pasiones nobles y las que no lo son? —le preguntó al Gallego.

—Por el daño que causan, quizás.

—Y si amar a alguien causara daño, ¿el amor sería una pasión dañina? Odiar podría estar bien, matar podría ser un acto de nobleza si se matara a un tirano, por ejemplo.

—Tal vez no exista la nobleza, entonces —dijo el Gallego. ¿A qué viene todo esto?

—A que compró un revólver. Con un revólver siempre sale alguien dañado.

–Es un diputado de la provincia, María Haydée. Todos tienen uno.

–Me cuesta pensar que la muerte puede remediar algo.

Si lo de María Haydée fue una advertencia, comenzó a tener asidero unos meses después, cuando el gobernador Del Campillo, que había llegado al cargo debido a la muerte de Cleto Peña, ocurrida a sólo dos meses de asumir, envió a Diputados un proyecto que restablecía los agentes especiales para el cobro de impuestos. Romagosa se desencajó. Dijo en el recinto que esos agentes iban a ser usados para engordar las cajas del poder y provocó tal escándalo que sus pares rechazaron la iniciativa. La prensa opinó que había sido su oratoria la que torció el brazo del ejecutivo, las barras hablaron de él como del nuevo Mesías y hasta Gerónimo Del Barco se arrimó a felicitarlo.

–Además –le dijo al Gallego–, se comprometió a apoyarme en el Senado.

Pero al senador Del Barco no había que creerle tan fácilmente. Cuando en el recinto terminó defendiendo la postura del gobierno, Romagosa se encerró en su casa a preparar la respuesta.

El veintitrés de agosto del noventa y nueve no

cabía un alfiler en la Legislatura. Los pronosticadores anunciaban tormentas y allí, bajo techo, estaba garantizado el espectáculo. El gobernador Del Campillo había hecho saber que no toleraría una acusación más sin llevarla a los tribunales, pero a Romagosa no le importó la amenaza y pidió la palabra.

—A mediados del siglo primero, señor presidente, gobernaba Roma un cincuentón que carecía de carácter, talento e ilustración. Este hombre ínfimo llegó al poder tras una muerte que a más de uno tomó por sorpresa —Romagosa había encontrado la analogía perfecta. La tribuna rumoreaba—. Pero una vez en el gobierno, se envaneció como un pavo oriental. Los cortesanos, que eran muchos, porque siempre son muchos los cortesanos de los gobernantes, lo tenían de banquete en banquete para mantenerlo hundido en el aturdimiento y explotar mejor sus debilidades. Aquel jefe de estado contaba además con una corporación política envilecida, compuesta de hombres sin ciencia ni conciencia, de individuos empedernidos en la adulación y el servilismo, sin más ideales que el deseo de recibir órdenes y obtener favores. Señor presidente, aquel jefe de estado pasó a la historia como Claudio, el Inepto, y la corporación servil era el Senado romano. La verdad es que no sé por qué tal reminiscencia ha fulgurado en mi memoria.

Se escuchó una andanada de aplausos. Luego alguien le gritó que era un desagradecido, que mordía la mano del que le daba de comer, pero Romagosa siguió.

–Voy a referirme también al senador que cambió de opinión por un pedido del Ejecutivo. Lo entiendo, créanme. No sólo es pariente del gobernador actual sino que ha tenido una intervención eficaz y decisiva en su ascensión al cargo.

Una hora más tarde, en el Hotel de la Paz, el Gallego recibió a un mensajero de Del Barco.

–Lo ha tratado de asesino y el senador quiere una reparación por las armas.

El Gallego admitió que se le había ido la mano con el sarcasmo pero le dijo que había alternativas más civilizadas que los duelos. Sin embargo, el hombre insistió y lo obligó a salir en busca de Romagosa. Lo encontró escondido en un claroscuro de su despacho, respirando el aroma apelmazado de la soledad. Era cierto que le mandaban el personal de limpieza menos frecuentemente que a los otros, pero él ni siquiera se esforzaba en abrir las ventanas de vez en cuando, para que al menos el ambiente se impregnara de mugre nueva.

–¿Que te pareció? –quiso saber Romagosa.

–¿Qué me pareció qué?

–Mi discurso. ¿Qué otra cosa puede ser?

–Digno de ti.

–Ya veo. ¿Cuál es la objeción de hoy?

–Ninguna, excepto que Del Barco quiere pegarte un tiro.

–No vas a negar que estuve ocurrente.

–Por si no me has escuchado: quiere un desagravio por las armas si no te retractas.

–¿Que me retracte de qué?

–Has dicho que Del Barco, como médico de Cleto Peña, lo ayudó a morir para que asumiera Del Campillo.

–Yo no he dicho eso. ¿Quién lo interpretó así?

–Todo el mundo.

–Ese todo el mundo ¿te incluye?

–Me incluye.

Romagosa hizo un gesto de resignación.

–¿Qué clase de hombre crees que soy? –preguntó.

–Uno demasiado noble y terco.

–¿Y mi terquedad te pone del lado de un embustero?

–Me pone del lado de las cosas razonables. Una explicación mínima nos va a evitar un jaleo a todos.

—Voy a definirlo en estos términos, Paco. Cualquier bien parido, con algo de esmero, es capaz de entender que usé la ironía para herir su amor propio de médico y hacerle expiar los pecados de su debilidad. No he puesto en duda su honradez de hombre.

—¿Entonces?

—Entonces no me retracto de nada.

Cuando el Gallego salió, ya era de noche. Se subió las solapas del abrigo. Los caballos de los tranvías resbalaban en la humedad del empedrado. Pobres bestias. Si alguno tenía la desgracia de mancarse le metían un tiro en la cabeza y asunto terminado. Un tiro, una bala, un revólver. La muerte. Algo tan serio, tan definitivo, tan al alcance de un pedazo de plomo. ¿Qué haría Romagosa, apretar el gatillo? Y cuando viera caer a su rival, flojo y sangrante, ¿vería caer a todos sus rivales? ¿Iría después al entierro a golpearse el pecho y decir con toda altivez: yo lo maté? Y en ese lugar, de pie sobre la tierra blanda, ¿recibiría su corona de laureles y la multitud lo llevaría en andas, coreando su nombre y el de la muerte, y lo alzaría sobre el monumento más alto de la ciudad para pedirle perdón? ¿O recibiría el disparo en su torso abierto y caería lentamente, alcanzado por el proyectil más injusto de la historia, una bala forjada en el noveno círculo del infierno, hecha de fuego profundo, del fuego entre los fuegos, y luego cuatro manos lo tomarían de las ropas y lo arrojarían al pozo de los héroes, donde todas las respuestas yacen tapadas con la misma tierra?

Amuchástegui, el padrino del senador Del Barco, atendió al Gallego en su oficina, bajo el cuadro de Roca. Escuchó que no habría retractación y como si todavía esperase que Romagosa reconociera su exabrupto, le dijo que el ofendido era su representado y le correspondía elegir las armas.

–Vea –dijo el Gallego–, tampoco nosotros simpatizamos y sin embargo no andamos a los tiros. Hagamos como que cumplimos nuestro deber de representantes de las partes, digamos que hemos sido duros en las negociaciones y mandemos a esta gente a su casa.

–Sabía que usted no comprendería las cuestiones del honor –dijo Amuchástegui.

–Y usted no comprende que Romagosa le meterá una bala por el culo a su representado.

Media hora más tarde, de regreso en el Hotel de la Paz, el Gallego encontró a Del Barco conversando con un grupo de amigos. Aun a la distancia, le notaba esa expresión petulante que usan ciertos médicos para recordarnos que, antes o después, tenemos que caer en sus manos. El Gallego no le tenía un desprecio particular, lo juzgaba entre el lote de hombres cuyos ideales van detrás de la apariencia y por lo tanto nunca había hecho otra cosa que ignorarlo.

Empezaban a discutir cómo seguía el pleito cuando entró Romagosa. Se quitó el abrigo y la gorra, los dejó en uno de los percheros, y antes de que el Gallego pudiera atajarlo y contarle nada, encaró hacia la mesa de las negociaciones y se detuvo a no más de un metro.

–Mire, Del Barco –dijo–. A estas cosas hay que resolverlas de frente. Usted empeñó su palabra y no la cumplió. Razón suficiente para dudar sobre si estoy haciendo bien en hablarle. Pero quiero que quede claro que no le atribuí las responsabilidades que se farfullan. Si quiere llamarle a esto una retractación, está en todo su derecho. Pero no vaya a confundirse. Yo no amaino el plumaje al primer ruido, como escribió Palacios. Si usted insiste, tendrá las armas.

Cualquier respuesta dejaría a Del Barco mal parado. Era factible que minutos después volviera a ser un médico arrogante y un político funcional, pero en esa misérrima porción de tiempo era un hombre débil.

–Siéntense, don Carlos –dijo–. Arreglemos esto como personas de bien.

Al día siguiente, el periódico reflejó un acuerdo decoroso para los dos.

El Gallego me avisó una mañana que por prescripción médica se iba a tomar unos días de descanso, y me dejó un escrito para incluir en la historia. El primer párrafo decía: "Después del duelo frustrado, Romagosa anotó al hijo en el flamante registro civil y lo mandó a buscar a Perpignan, al colegio donde estudiaba". En aquel momento pensé que no había querido enfrentarse conmigo y me pareció un acto ingenuo. Hoy sé que me instó por todos los medios a acortar distancias con el relato, a que tomara la pluma con sangre caliente y escribiera con el puño apretado. No quería entender que mi asepsia no era fingida, que mi sangre nunca había entrado en ebullición, que, por el contrario, habría sido feliz de no volver a su casa cada día y enfrentarme a una vida que no quería vivir. Aquel texto que me dejó, con la excusa del consejo médico, me invitaba como ningún otro a involucrarme. Pero aunque hoy escriba con algo de culpa y de nostalgia, prefiero, ahora ya por razones literarias, persistir en la idea de la distancia.

–Palau viaja a Barcelona y va a traer a Carlitos Zélmar –le informó Romagosa al Gallego–. El niño nació aquí y ella lo secuestró. Las normas morales están de mi lado y la ley también.

–Pues, primero debería estar de tu lado tu propio hijo.

–Va a estarlo, no te impacientes.

El Gallego no tenía elementos para desaprobar la misión pero le veía tantas dificultades que si después de llevarla a cabo las cosas seguían como estaban, podía considerarse un éxito. Lo que nunca pudo explicar fue su decisión de ir a contarle todo a María Haydée. Menos después de escuchar su reacción.

–Elegí a Carlos, y eso incluye su pasado –dijo ella.

El Gallego se sintió un delator.

–No quería que siguiera arrastrándote –dijo–. Eso era todo.

Nunca supo con qué distorsión había llegado esa frase a oídos de Romagosa. Lo cierto es que abrió una grieta en su relación con él y que ninguno de los dos hizo el esfuerzo suficiente para cerrarla. El Gallego tuvo la oportunidad de redimirse, o de doblar la apuesta, el día en que Palau fue a verlo y le dijo que necesitaba una sola palabra razonable para renunciar al cometido.

—Te he atendido por cortesía, Juan. No quiero hablar del asunto.

El enviado llegó a Perpignan con una carta en la que Romagosa garantizaba el futuro próspero de las naciones jóvenes. A Palau le costó recordar que había estado en esa ciudad. Quizás parecía distinta porque acababan de demoler sus murallas, o porque la bruma de la mañana le impedía ver el Canigou. El internado de los dominicos quedaba entre el cementerio y la capilla, y seguía funcionando porque guardaba las apariencias laicas que exigía el gobierno de París. Tenía un enorme patio central, cubierto por la escarcha, y una galería que parecía no tener final. Esperó un par de minutos sentado en uno de los bancos, hasta que lo sobresaltó la voz fresca de un hombre que se había parado casi encima suyo.

—*Bonjour, Monsieur, je suis Jacques Deschamps. Qui souhaite?* —le preguntó el monje.

Palau dijo que no entendía.

—¿Qué desea, entonces? —dijo el monje en castellano.

—Hablar con Carlos Zélmar Romagosa. Traigo

correspondencia de su padre.

–¿Se refiere al niño Romagosa Vendrell?

–Sí, por cierto. Romagosa Vendrell.

El monje le informó que no era horario de visitas pero que intentaría hacer una excepción. Dio media vuelta y se perdió en el corredor. En algún momento, Palau pensó en volver a la estación y olvidarse del mandato, pero entendió que una conducta así lo expondría a puniciones que no deseaba soportar.

–Perdone –volvió a sorprenderlo Deschamps–. No puedo interrumpir sus actividades. Mañana por la mañana lo recibiremos con todo gusto.

A las once en punto del día siguiente, desde el mismo pasillo helado, Palau se dejó guiar hasta una oficina cuyo único adorno era una reproducción de la Magdalena penitente de George La Tour. Sentada de espaldas a la puerta, esperaba Concepción Vendrell.

El enviado no atinó ni a quitarse los guantes. Se quedó parado, como mirando un espectro. Concepción ya era una mujer mayor, a la que la vida había obligado a vestir de gris.

–Pobre, Juan –dijo ella–. Siempre al medio, como en el bazar.

Palau estuvo todavía un rato con la vista clavada en las sombras de la Magdalena, sabiendo que nada de lo que pudiera decir alteraría las cosas. Luego habló de la oscuridad del cuadro, de que las velas eran insuficientes para que la Magdalena se mirara en el espejo, pero no dejó de sentirse ridículo.

–El hermano Jacques le ha ido a buscar –dijo Concepción–. Si te apetece puedo retirarme.

–No, no. No hace falta.

El hijo tenía los ojos de Romagosa y miraba con la misma curiosidad. Se presentó amablemente y hasta se justificó por no disponer del tiempo para atender a la visita como merecía. Acaso por ese gesto precoz de caballerosidad, Palau no dudó en darle la carta y decirle que su padre era el hombre más honesto que jamás había conocido.

Aunque nadie lo haya percibido, aquella mañana el hijo se emocionó.

–Mándele mis respetos a mi padre –dijo. Se despidió con la cortesía del comienzo y se fue con el monje que lo esperaba en la puerta.

Afuera había empezado a llover. Concepción tomó la mano de Palau y la sostuvo unos segundos.

–Dile que todavía no es su tiempo –le dijo.

Romagosa juzgó que su enviado se había dejado embaucar. Le recordó que el plan convenido era hacerle llegar la nota al hijo, llamarlo por teléfono y quedar en encontrarse a solas fuera del colegio. Palau alegó en vano que las reglas de seguridad de los internos eran invulnerables y que de todas formas, no se hubiera animado a convertirse en un secuestrador. Romagosa dejó de hablarle por un par de meses, hasta que la propia María Haydée le pidió que recompusiera la relación.

–No puede exigírsele un acto de heroísmo a quien combate por una causa ajena –dijo.

–¿Acaso que le roben a un hombre su bien más preciado no es una causa de la humanidad? –preguntó Romagosa.

Ella no supo qué decir ese día. Le había dolido saber cuál era su bien más preciado, pero pensó que tal vez tuviera razón.

Cuando volví a ver al Gallego, me contó que con el tiempo quedó claro que María Haydée había avalado el viaje de Palau con la intención de acabar con un asunto que la mantenía en segundo plano. "Estaba tan obcecada por Romagosa –me dijo–, que no me quedó otro remedio que renunciar a ser su consejero". La invitó a caminar por las veredas de la ciudad nueva y le dijo que ella no necesitaba que nadie le indicara el camino. Pero María Haydée insistió en que valoraba su amistad y le rogó que permaneciera cerca. "Por supuesto que los ruegos me afectaron –me dijo el Gallego–, pero esa equivocada noción de amistad que demostraba tener, me convenció de que yo estaba en lo cierto".

María Haydée conversaba con Romagosa en los pasillos del teatro minutos antes del intermedio. Llevaba un vestido oscuro y se le notaba en el escote cuánto había crecido. Como estaba cantando Luisa Tetrazzini, nadie se levantaría a espiarlos.

–Mi padre me preguntó si nos hemos vuelto a ver. Le dije que trabajando en la misma escuela es imposible no cruzarme con usted.

–¿Y qué te dijo tu padre? –preguntó él.

–Que tenía miedo de que todos tuvieran razón.

Romagosa la miró sin decir nada.

–Tenemos que asumir lo que nos pasa –continuó ella–. No sabe cuánto deseo despertarme una mañana con usted.

María Haydée se quedó esperando que Romagosa respondiera. Pero Romagosa estaba más allá del deseo y del amanecer.

—Ya no voy a ser candidato –dijo.

Cuatro cuadras al norte, en los billares de la planta baja del Club Social, el Gallego escuchó que alguien hablaba detrás de él.

—Ahora que le taparon la boca, temo por Romagosa.

La voz era de un antiguo amigo del partido, de esos que no terminaban de decidirse entre ser leales a sus principios u obedientes a Roca.

—El General no quiere alborotos en el congreso nacional –remató el hombre.

—Podría seguir como diputado en la provincia.

—Son épocas de conciliación, Francisco, los tiempos cambian.

—¡Cambian un carajo! Los que cambiáis sois vosotros.

—Puede ser. También Romagosa tuvo sus oportunidades.

Ya en el intervalo del teatro, con los pasillos llenos de gente, María Haydée seguía esperando una señal.

—Búscame en los periódicos –le dijo él, antes de irse.

Por esos días, Romagosa se refugió en su casa y dio la orden de que no lo molestaran aunque Roca en persona golpeara la puerta. Pero esa manía de protestar con la ausencia, que alguna vez había provocado inquietud y hasta alguna zozobra, no producía más efectos que alguna burla o los recuerdos de tiempos mejores. En la siguiente sesión, apareció más flaco y con el bigote que le sobraba en la cara. Se acomodó en su banca y casi no miró hacia las gradas. Sabía que ya no lo aclamaban con fervor sino con angurria. Cuando le cedieron la palabra, se paró como Castelar y empezó a hablar de los jóvenes. Los instó a no doblar la cerviz, incluso a resignarse y desaparecer entre sombras antes que aferrarse cobardemente a la vida. Después acusó al oficialismo de dejar sin quórum la cámara para evitar la interpelación al ministro de Gobierno. De pronto se encendió, como si hubiera guardado la energía para el final: "Liderando esta humillada provincia hay simples funcionarios que se desvelan por amarrarse a sus asientos. De ahí el nepotismo, la giras dispendiosas, las oficinas públicas convertidas en centros de espionaje y tramoyas políticas. Para mí, señor presidente, el principal responsable de estos estropicios es el ministro Berrotarán, que ha demostrado ser un pésimo hombre público, que se ha hecho cómplice de todas las irregularidades de la administración, incluidas las maniobras espurias para evitar que las personas de bien integren las listas de candidatos para las elecciones".

La oratoria de Romagosa era hiriente y satírica, instruía y desafiaba, como siempre, y sin embargo ya nadie se sentía tan lastimado como para contestar golpe por golpe. Berrotarán, por ejemplo, no movió la boca más que para ordenar que el diario oficial replicara con un suelto socarrón, sin firma, que resultó una síntesis del volante que mandó a repartir por toda la ciudad: "Desesperado por no alcanzar posiciones encumbradas y enconado por no ser reelecto, ahora no tendrás donde exhibir tu soberbia y tu intemperancia. Condenado al ostracismo, veremos si en la adversidad tu alma es de bronce espartano o de barro bizantino, como gustas decir".

Cuando dos días después Romagosa retó a duelo al director del diario, el Gallego perdió la calma en la que se había sumergido desde hacía un tiempo. Le envió un recado en el que avalaba la actitud del periodista de rechazar un lance prohibido por la ley, y como no recibió respuesta le dijo a quien quisiera oír que Bianco, el padrino que había elegido, parecía un abuelo consintiéndole los caprichos, que como Romagosa le había enseñado los primeros palotes de la literatura creyó que tenía el deber de apañarle los errores.

–El señor me dio orden de no molestarlo, don Francisco –le informó la mucama de Romagosa.

El Gallego empezó a dar golpes contra la puerta.

–¡Déjame pasar de una vez! –gritó–. Bastantes noches te he tenido la vela.

La mucama le rogó que se detuviera, que el escándalo no le hacía bien a la reputación de la casa.

–¡Pues vaya reputación que hay que defender!

Por fin se escucharon pasos en el fondo del corredor. Romagosa tenía cara de haber dormido un año completo.

–¿Qué mierda quieres? –dijo.

El Gallego paró de hacer ruido, tomó la aldaba con suavidad y dio un par de golpecitos.

–¿Usted es el señor de la casa? –preguntó.

Romagosa lo hizo pasar y lo invitó a sentarse en uno de los sillones.

–Estoy recuperando a un amigo –ironizó.

–Los amigos se tienen y ya, no hagas de esto una novela. ¿Qué es eso de andar revoleando la ley? Como si no tuvieras suficiente con los huesos que tienes desparramados. Y encima eliges un representante que lo único que hace es sobarte las ínfulas.

Romagosa echó un vistazo a la casa limpia y vacía y caminó hasta el *dressoir* de la sala. Se detuvo unos segundos frente al espejo y hojeó de soslayo un libro que había dejado abierto. Nada parecía hacerle falta. Ni el Gallego, ni el libro, ni su propia imagen.

–Honor es lo único que me queda –dijo. Después se dejó caer sobre uno de los sillones–. Estoy muy cansado, Paco.

Las negociaciones por el duelo se estancaron. El director de *La Patria* machacaba con que la reparación por las armas era una conducta irracional y Romagosa se enfureció: "Al difamarme se olvidó de sus principios y ahora los usa para rehuir un desafío de caballeros". Tenía todo listo para contestarle pero minutos antes del debate en el recinto Bianco le propuso esperar una última gestión. Romagosa vio las tribunas repletas y aceptó a regañadientes.

–Cuando mi ánimo se inflama –dijo a su turno– ataco a mis adversarios con una de tres armas. Recurro a la maza con espontaneidad y con ella combato a los francos y fuertes. A la flecha recurro violentado y con pena, para enfrentar a los astutos. Por último, con repugnancia y mortificación, contra el enemigo cínico y canalla, recurro al látigo. La maza se asesta en la frente, la flecha se clava en el corazón, el látigo restalla por las espaldas.

Bianco alcanzó a hacerle señas de que las cosas

habían ido bien y Romagosa pareció contrariarse, pero lo mismo comunicó que aguardaría el resultado de las conversaciones.

–¡Veremos qué arma esgrimo la próxima vez!

No esperó a que terminara la sesión para recluirse en su oficina a esperar las novedades. Volvió a mirar dentro del cajón del escritorio. Nunca había podido sacarse de encima aquella imagen del negro muerto sobre un charco de sangre y las voces diciendo que se había pegado un tiro cuando se sintió acorralado, y el Anselmo contándole en el barco que quería ser libre.

Bianco abrió la puerta.

–Todo arreglado –dijo–. No tendrás que apretar el gatillo.

Cuando se fue de la Legislatura, Romagosa sintió que lo estaban privando de su pedazo de tierra, que no sólo callaban a un disidente sino que le confiscaban a un hombre su noción de ser. ¿A dónde iría ahora a confesarse, a descargar su indignación, a pedir ayuda?

Su padre le ofreció trabajo en el almacén y él le dijo que ya había elegido un camino en la vida y que era muy tarde para volver atrás, y a la propuesta de Enrique Rodríguez Larreta, que pudo haberle devuelto el brillo de mecenas literario, la rechazó para no profanar la amistad que tenían.

–Tengo que vivir como un profesor de escuela, ¿eso es lo que soy, no? –le dijo a su hermano Ernesto.

–Cualquiera de nosotros puede ayudarte, Carlos. No tienes por qué resignar tu vida pública, dejar de ir al teatro, a los agasajos.

–Eso sería vivir la vida que ustedes se ganaron. ¿Qué clase de injusticia me estás proponiendo?

–La de devolverte parte de lo mucho que has hecho por nosotros.

–He hecho mucho y les he quitado otro tanto. Estamos a mano, Ernesto. Quédate tranquilo que yo sé cómo seguir.

¿Cómo viven los héroes mientras aguardan su tragedia? Esa era la pregunta que Romagosa se había formulado. "Y yo no podía ayudarle con eso –me dijo el Gallego–, a lo sumo podía ofrecerle un trago y de vez en cuando alguna mujer. Pero él creía que la comedia era para los mediocres".

Las empleadas de la casa lo vieron embalar sus libros para venderlos.

–Sabemos que usted ya no puede mantenernos a las dos –dijo la Rosario–, y la indicada para irse soy yo.

–No le haga caso –dijo la cocinera–, yo soy vieja y sirvo para menos cosas.

–Las dos son como cada uno de mis huesos. El

día que ellos me abandonen, podrán marcharse ustedes también.

Romagosa pasaba la mayor parte del tiempo en su casa, leyendo y releyendo clásicos y modernos, preparando sus lecciones, garabateando poesías que terminaban en la basura. La Rosario y Benigna Arias diferían en la evaluación de su estado de ánimo. A la cocinera le preocupaba que comiera sin quejas lo que tenía enfrente, que no hiciera observaciones sobre el punto de la carne o la temperatura de la salsa, y creía que eso era un síntoma de las broncas que guardaba en el estómago y que, pese a su carácter, no había podido soltar. La Rosario, en cambio, era la receptora de sus sonrisas. Por uno de esos misterios inexplicables, Romagosa se la pasaba haciéndole bromas, preguntándole por sus amores, contándole historias con final feliz, y ella devolvía el gesto diciéndole a los demás que las cosas de la escuela iban bien, que las alumnas lo elegían siempre como el mejor profesor, que tal vez enseñar era su destino.

Romagosa tenía otro motivo para sonreír. La designación de María Haydée como vicedirectora era una prueba de que los murmurantes habían perdido y, por lo tanto, un aliciente para llegar todos los días a la sala de los profesores y no sentir que el mundo le pedía explicaciones. Pero Trinidad Moreno era una directora sagaz. "Esto es una maniobra de Romagosa", dicen que dijo cuando supo lo de María Haydée. A su hipótesis no le faltaban elementos. El ministro de Instrucción era Joaquín V. González, un riojano de buena pluma y mejor gusto por las voluptuosidades de la vida, y Leopoldo Lugones su inspector de Enseñanza. "Hoy me acorralan poniéndome a la novia en la oficina de al lado. Mañana van a desplazarme", habría dicho la Moreno.

Cuando Romagosa supo que la directora había empezado a perseguirlo, pretendió reunir a la oposición. Juntó a no más de tres profesores y un par de administrativos y los consideró un buen número para iniciar la revuelta. Faltaba la voluntad de Aurora Molina, una celadora de posiciones progresistas pero algo renuente a los enfrentamientos. Sumarla acarrearía también algunos indecisos, esos que sólo se animan a enfrentar al poder cuando su caída es más que probable. Resolvió que debía ponerla al tanto de las calumnias que desparramaba la Moreno y le mandó una carta.

–Pienso que hizo mal –lo reprendió María Haydée.

Romagosa no era de los que pedían opinión

sobre sus actos, pero a María Haydée se la permitía con la condición de que, tarde o temprano, terminara dándole la razón.

–Hice muy bien. El texto se adecua a la personalidad de Aurora. Se va a identificar conmigo.

–No estoy diciendo que ella discrepe con usted. Digo que lo va a traicionar.

–Tomé mis recaudos. Mandé la carta a su domicilio.

Ni el juez que después intervino llegó a saber los motivos, pero el cartero llevó la carta a la escuela sin pasar por la casa de Aurora Molina. La celadora contaría en la Justicia que la Moreno la llamó a su despacho y la recibió con el sobre en la mano.

–Esta es letra de Romagosa –dijo la celadora que le había dicho la Moreno–. Así que usted va a abrir el sobre, va leer la carta y luego va a dejarla aquí, en la dirección.

Aurora alegó que no tuvo más remedio que cumplir la orden, pero que cuando pudo escapar, y ese es el verbo que usó en la testimonial, fue a contarle todo a María Haydée.

Como cada vez que su relación con Romagosa estaba a punto de perder su condición de rumor y transformarse en una historia confirmada, María Haydée vaciló: ¿Tenía que ayudar a calmar los ánimos o dejar que todo estallara?

–¿Se puede saber qué ha dicho sobre nosotros en esa carta? –le preguntó a Romagosa en un pasillo.

–¿A qué viene la indagatoria?

–La Moreno la tiene en su despacho.

Para Romagosa fue suficiente. A pesar del pedido de María Haydée para que pensara con serenidad antes de reaccionar, él salió hecho una fiera y se metió en la dirección sin pedir permiso.

–¡Devuélvame esa carta!

–No es suya. La señorita Molina me la ha entregado por voluntad propia.

–Usted está violando correspondencia privada y eso es un delito. La intimo a que me la devuelva o tendré que recurrir a medios más hostiles.

–Haga lo que quiera. No va a lograr distraer a nadie del problema central. Usted es un conspirador que pretende removerme del cargo.

–Voy a contestar ese agravio en tiempo y forma, pero ahora no soy yo el que debe responder preguntas. Es usted la que robó una carta. Es usted la que ha obrado como una ladrona.

–Le pido que se retire, profesor. Ya le ha hecho demasiado mal a la reputación de la escuela.

Romagosa se acomodó el corbatín y mirando el

retrato de Francisca Armstrong, la primera directora de la Normal, dijo:

–Usted no le hace honor a ella ni al cargo que ostenta. Tenga buenos días.

Su réplica pudo leerse en el periódico. Es que para él había una sola forma de interpretar las cosas: si alguien tiene el coraje de hacer público sus asuntos es porque la razón está de su lado. El suelto decía que la directora venía dando abrigo a murmuraciones que lo perjudicaban y que hostilizaba al personal directivo y docente para ponerlo en su contra. Contaba que la Moreno había cometido el delito de sustraer una carta privada y que eso no le dejaba otro camino que solicitar su reemplazo como profesor del establecimiento.

Según el relato del Gallego, María Haydée fue a consultarlo sobre qué hacer y le pidió de mil modos que la ayudara, que reviera su actitud de no involucrarse y al menos le diera un consejo. El Gallego me dijo, y tengo anotado que demoró en hablar, que sintió ganas de proponerle que dejara a Romagosa de una vez, que desapareciera sin remordimientos, que se propusiera vivir como cualquier joven, con una ilusión nueva. Pero finalmente asumió que era inútil nadar contra la corriente y terminó diciéndole que tomara al profesor de la mano y lo llevara lo más lejos posible.

María Haydée esperó a Romagosa en la puerta de la escuela, con el periódico en la mano.

–La sociedad sabrá que la Moreno es una fisgona –le dijo–, pero ¿qué se le ocurre que dirá de nosotros?

–¿Y qué podrán decir que no hayan dicho ya?

–Vámonos entonces.

–No estoy hecho para escapar.

Pocos días después, Trinidad Moreno presentó una querella por calumnias e injurias y cada chisme pasó a ser un documento público. Romagosa lo veía distinto. Era la oportunidad que había buscado para enfrentarse cara a cara con sus detractores.

–Voy a ir a todas las audiencias –le dijo a María Haydée–. A ver qué se animan a decir bajo juramento.

Los bares, las ceremonias oficiales, las tertulias, las antesalas del teatro, las reuniones políticas, brindaban su parte diario sobre el proceso. Al principio lo hicieron con recato, pero al cabo de no mucho tiempo empezaron a difundir los rumores de viva voz, como si se tratase de bandos oficiales. Así, mientras la Justicia sumaba páginas con testigos que decían lo que otros habían dicho, y esos otros aludían a terceros, y los terceros no aparecían, la ciudad se tapizó de versiones. Romagosa salía de escuchar los testimonios seguro de su victoria, contento de que al fin se admitiera que todo era puro cuento, pero la vida transcurría fuera de los tribunales y allí a la verdad no se le exigía rigor.

Después de la primera semana de audiencias, el Gallego lo invitó a dar un paseo a caballo. Era una mañana soleada. Romagosa marchaba un tranco adelante, lo suficiente para tornar inaudible lo que decía. Pronto se internaron en senderos cercados de espinillos, cuando no en breñales casi inabordables. Dos horas anduvieron así, Romagosa hablándole, mostrándole el camino, y el Gallego dándole la razón. Se detuvieron a orillas de un arroyo y se sentaron bajo un sauce. Romagosa seguía hablando, y aunque ahora el Gallego lo oía claramente, no podía encontrarle sentido al discurso. Después se quedaron en silencio, viendo cómo el riacho se llevaba las palabras. Hasta que el Gallego dijo lo que tenía que decir.

–Van a mandar a alguien de la capital.

Romagosa se paró de golpe.

–¿Y se puede saber a qué?

–El Zorro cree que el escándalo puede perjudicar a muchos.

–Supongo que quien venga pondrá las cosas en claro.

–Supongo –dijo el Gallego.

Partieron al trote, pero después de cruzar la zona más áspera, Romagosa espoleó el caballo y el Gallego lo perdió de vista.

El gobierno nacional comisionó al inspector Bavio para que apaciguara los ánimos de una comunidad que se había vuelto un hervidero. Cada quien se veía compelido a ponerle su cuota de originalidad al asunto, de manera tal que el incidente de la Escuela Normal pasó a ser un novelón de engaños, traiciones e ilusiones ilícitas que excedió a la política, a la docencia y a la aristocracia. Los integrantes de la comparsa *Negros de plata*, por ejemplo, habían propagado la versión de que para los carnavales se disfrazarían de alumnas de la Normal. El Canutillo había prometido dos botellas de semillón de premio al que volara de una pedrada el sombrero de algún profesor de la escuela. En los velorios, la historia se despellejaba sin complejos. Por la madrugada, después del puchero o las tiras de asado, cuando los músicos y cuentistas estaban borrachos, los nombres del escándalo se revoleaban en historias de aparecidos en las que Romagosa era el héroe que descubría el misterio.

Conforme las versiones vinieran de una u otra facción, el inspector Bavio había sido enviado para salvarle el pellejo al profesor o para mandarlo a la calle de una buena vez. Romagosa no estaba contento con su llegada. Decía que su honorabilidad no merecía requisas y mucho menos sospechas de favoritismos oficiales.

–Es inaceptable que Lugones haya autorizado la inspección –le dijo a María Haydée–. Si mi palabra fue suficiente para lanzarlo a la fama, debería bastarle con lo que yo le diga.

–Hay formalidades que cumplir.

–¿Es que no distingues que la visita de Bavio es una afrenta por sí misma, que son los que se dicen mis amigos los que están poniendo en duda mi honor?

–En una de esas pretenden taparles la boca a todos de una buena vez.

–Lo que han hecho es abrir la caja de Pandora –dijo Romagosa.

–No sea terco. En tal caso, quien la abrió fue usted y su compulsión a contarlo todo en los periódicos.

Era la primera vez que María Haydée le echaba

en cara su comportamiento. En varias ocasiones había estado a un paso pero, un poco por miedo a la respuesta y otro por falta de convicción, se había arrepentido. Por eso, cuando terminó de decir lo que dijo le pidió disculpas.

—No hay nada que perdonar —dijo él.

El inspector Bavio se alojó en el Imperial y dejó dicho en la conserjería que no iba a recibir a nadie. La orden fue suficiente para convertirlo en el hombre más requerido de la ciudad. En su casillero se amontonaron pedidos de audiencia, invitaciones a cenar y advertencias de algunos políticos que no toleraban los desaires. Durante el fin de semana, Bavio se limitó a dos paseos vespertinos por la plaza, y el lunes, bien temprano, se presentó en el colegio. La Moreno y María Haydée llegaron unos minutos después y lo saludaron en el hall, casi al unísono, pero la directora lo invitó a pasar a su despacho.

—Preferiría hablar primero con el personal —dijo Bavio—. ¿Dónde me puedo ubicar?

—Bueno, no nos sobra mucho espacio —dijo la Moreno, y le señaló un aula desocupada.

Debe haber sido muy estricto con las recomendaciones de confidencialidad porque al salir de las entrevistas nadie abrió la boca. Fueron dos días en los que una mirada cómplice se pagaba a precio oro y los secretos habían desplazado cualquier forma de autoridad. La Moreno parecía la más preocupada. Iba y venía con papeles en las manos, iniciando decenas de conversaciones inútiles con tal de adivinar algo de lo que pasaba. Cuando el inspector citó a Aurora Molina y a María Haydée, puso el grito en el cielo, y frente a dos o tres celadoras le dijo que tenía derecho a que se la recibiera antes.

–El conflicto la enfrenta a usted con el profesor Romagosa, así que primero voy a recibir las opiniones de los demás –respondió Bavio.

–¿Y cuándo será mi turno, entonces?

–Inmediatamente después de la señorita Bustos.

–Disculpe, señor inspector, pero eso significa que tampoco tendré el privilegio de testimoniar al último.

–Dudo que sea un privilegio pero si fuera así, Romagosa es el acusado.

–Romagosa me señaló como a una ladrona.

–Pero ha sido usted la que llevó el caso a la Justicia, y ese es el motivo de mi presencia en esta escuela.

María Haydée vio cómo la Moreno volvía a la dirección y se marchaba minutos después, visiblemente nerviosa. La vio esconderse detrás de una columna hasta que salió Aurora Molina. La vio llevársela de un brazo a su despacho. Y hubiera seguido mirando, pero Bavio la llamó.

En el aula había dos sillas y un escritorio con varias carpetas. Hacía frío. Bavio revolvía papeles y a María Haydée le pareció que se demoraba adrede. Hasta que el inspector inició el diálogo con preguntas triviales que ella respondió sin esforzarse mucho.

–Para no perder más tiempo, señorita –dijo por fin–, supongamos que a consecuencia de este proceso la directora tuviese que renunciar, ¿qué actitud adoptaría usted, que es la que sigue en la línea jerárquica?

–¿Me está poniendo a prueba, inspector?

–Le estoy haciendo una pregunta.

–No sé qué haría.

–Está bien –dijo Bavio–. Espero no hacerle pasar frío otra vez.

María Haydée le avisó a la Moreno que había terminado y la directora salió de su despacho. Durante el tiempo que duró la conversación, en la escuela no voló una mosca, y si bien resultaba imposible escuchar lo que se decía allí adentro, trascendieron versiones de todo tipo, avaladas por el rostro desencajado que tenía la Moreno cuando salió del aula.

Al día siguiente, cuando llegó Romagosa, el inspector Bavio lo esperaba en la puerta.

–Si no le molesta preferiría invitarlo a tomar un café.

–Con todo gusto. Lo hacía más apegado a los protocolos.

–Lo soy, pero este no parece un caso muy protocolar que digamos.

Caminaron un par de cuadras, al paso de Bavio. El bar no estaba lleno pero les costó ubicarse en una mesa que les permitiera hablar tranquilos. Hicieron un par de comentarios sobre el clima mientras esperaban que el mozo les sirviera el café.

–Le he pedido a la señorita Moreno que le devuelva la carta –dijo el inspector.

–Sería un poco tarde ¿no cree?

–En todo caso sería una manera de reconocer un error. Un gesto simbólico, Romagosa.

–¿Y qué debería ofrecer yo?

–Lo que escribió en el periódico no suena fácil de digerir.

Romagosa había previsto ese rumbo en la conversación.

–Suponga que retiro los términos de mi réplica. ¿Cómo imagina usted que borraríamos la carta de la memoria de todos los que la han leído?

–La memoria, profesor, la memoria. Basta con no andar contoneándola demasiado.

–Razona como mis enemigos. Callar, y que parezca que las cosas no acontecen. No comparto esa filosofía. Las miserias quedan en los rincones.

–Así es, Romagosa, bien lo dice, en los rincones.

Esa tarde, después de recibir un telegrama del ministerio que decía "basta de diagnósticos, queremos remedios", el inspector Bavio tomó el tren de regreso a la capital. El ministro González y el propio Lugones sabían que el reto iba a propagarse y que eso les serviría para lucir enérgicos, pero el inmediato retorno del inspector debió haberlos sorprendido. El Gallego me dijo que a Lugones se le pararon los pelos cuando en su oficina encontró el informe de Bavio junto a una nota en la que solicitaba el goce de las vacaciones adeudadas. Me dijo también que al terminar de leer, Lugones tiró los papeles sobre el escritorio. "La carta existió –decía el reporte del inspector– y su contenido compromete al profesor Carlos Romagosa en acciones de desestabilización hacia la directora Trinidad Moreno. Ahora está en poder de ella y resulta difícil aseverar si la incautó por la fuerza o se la entregó la celadora Aurora Molina por voluntad propia. Esto resulta vital, porque si la apropiación de la carta hubiese sido ilegítima, no correspondería otro procedimiento que la separación de la señorita Moreno. Pero si bien el testimonio de la celadora Molina es confuso, esta inspección no encuentra otra posibilidad que tomarlo como válido y aceptar que la carta no fue cedida bajo presión. Esto convierte a un documento privado en el indicio de un hecho grave: una supuesta confabulación para remover a la autoridad. Consideradas las cosas de este modo y luego de tomar testimonio a todo el personal de la escuela, debe concluirse en que hay elementos suficientes para afirmar que el profesor Romagosa lidera un grupo que busca alejar del cargo a la directora. Respecto de los trascendidos sobre una relación impropia entre personal del establecimiento, no le compete a esta inspección, ni a sumario alguno, inmiscuirse en la vida privada de las personas si, como en este caso, no hay más datos que los aportados por rumores incomprobables. No obstante, basado en estas versiones que él juzga malintencionadas, el profesor Romagosa ha acusado a la señorita Moreno de montar una persecución en su contra. Tal acusación, que sí ingresa en esta órbita jurisdiccional, no ha podido ser corroborada. El estrépito ocasionado por el suelto publicado por el profesor Romagosa en un periódico y la posterior denuncia presentada en sede judicial por la directora, han tornado irrespirable la atmósfera de la escuela y, a consecuencia de ello, puede observarse una repercusión contraria a la excelencia educativa que el ministerio se propone lograr. Por las situaciones descriptas, recomiendo la separación del profesor Carlos Romagosa del seno de la institución y, dado su prestigio docente y el alto nivel académico que ha demostrado hasta hoy, su eventual traslado a otra institución normal de la República".

Lugones coincidió con el ministro González en que el informe era técnicamente impecable pero que demostraba la falta de habilidad política del inspector. La separación de Romagosa le estamparía una mácula antediluviana a la educación normal y significaría la lapidación pública de un amigo. Pero Roca era de la opinión de ir despacio.

Cuando recibió el telegrama citándolo a una reunión en la capital, Romagosa pensó que se terminaba todo. Digno final para un francotirador: ajusticiado por sus amigos, arrancados sus ojos por los cuervos que había criado. No le dijo a María Haydée que lo habían llamado. Ni a ella ni a ningún otro. Pidió unos días de licencia en la escuela por razones particulares y se subió al tren.

Cuando Lugones lo vio entrar a su despacho, quizás para distender la conversación, le confió que estaba escribiendo un cuento.

—Una lluvia de fuego destruye Gomorra, pero no sé cómo simbolizarla.

—Gotas de cobre —dijo Romagosa—. Tienen el peso suficiente para perforar la carne. Aunque, claro, el protagonista no tiene que morir quemado.

—Por supuesto que no. El hombre no debe sentarse a esperar la muerte. Tiene que apropiarse de ella.

—¿Para qué me llamó, Lugones?

—Para decirle que no me olvido de quiénes somos.

—Sin embargo, me está acusando —dijo Romagosa.

—Puede continuar en la escuela, pero eso convertiría su vida en un suplicio. Tiene el país entero a su disposición.

Romagosa sonrió.

–Le agradezco la oferta, pero soy un hombre íntegro.

–No lo acusamos. Nadie en este gobierno tiene una moral paleolítica.

–Creo que es usted el que no entiende. Le estoy dando mi palabra de honor.

Después, Lugones dijo que resultaba cada vez más difícil encontrar hombres íntegros, porque la integridad era un concepto en vías de extinción. Arguyó que los periódicos volvían humanos a los héroes, que exponiendo sus miserias los despojaban de su celebridad.

–Antes –concluyó–, los rumores no alcanzaban para opacar al hombre de talento. Pero la prensa se ha metido en el medio y ahora cualquier debilidad desautoriza al genio. Y lo que es más peligroso, la verdad misma ha perdido su valor.

María Haydée le informó a Romagosa que el gobierno enviaría a un interventor.

–Y me pone contenta –dijo.

Conversaban en una de las galerías de la escuela, a las apuradas, como siempre. Cuando él quiso decir algo, apareció la Moreno con cara de pocos amigos:

–Al final consiguieron lo que querían.

Por un instante Romagosa sintió el sabor de la victoria, pero fue sólo eso, un instante. Después advirtió su error, y el de la Moreno. Una intervención del gobierno los dejaba en ridículo a ambos y agrandaba el manto de sospecha sobre su comportamiento. Fue a la sala de los profesores, levantó sus cosas y se marchó de la escuela, con las alumnas esperándolo en el aula.

No supo qué dirección tomar. Caminó hacia donde veía más gente. Caminó rápido, en el sentido del tránsito. Pensó que moviéndose de esa manera, a mayor velocidad que el resto, llegaría antes que nadie. ¿Llegaría a dónde?, se preguntó, y notó que el mundo le era hostil, que la gente se reía de él, que los carros y los tranvías lo pasaban por encima, que los primeros automóviles ya estaban muy lejos suyo. Pensó que el Gallego podía darle una mano y, aun considerando que no lo había visto en semanas, se dirigió a su casa.

–¿Qué se te antoja ahora?

–Necesito que me ayudes.

La luz natural que se metía en el living iluminaba la cara de Romagosa. Desde la penumbra, el Gallego dijo:

–¿Y por qué no me ayudas tú a mí? ¿Por qué no me acompañas a lavarme las pústulas y sientes el asco que provocan? ¿Por qué no me preguntas por qué me he enfermado? ¿Necesitas ayuda? Pues bien, aquí tienes tu ayuda. Dedícate a vigilar que no me falte nada.

Terminó de hablar, se levantó y se perdió en el pasillo. Romagosa estuvo un rato sentado en medio de la luz y volvió a la calle. Esta vez hizo todo con más prudencia. Se sentó en un bar y reflexionó sobre lo que estaba pasando. Una directora de escuela lo acusaba de conspirador, el gobierno de sus amigos se convertía en juez de su conducta y a María Haydée la pasión no le permitía razonar con ecuanimidad. El Gallego, pobre, ya no contaba.

Necesitaba información, saber si el interventor era de los suyos o alguien que había llegado para terminar de arruinarle la vida. Pensó que Antonio le podía facilitar las cosas. El hermano del Gallego ya era un hombre mayor pero no había dejado de ir hacia adelante. Algo le quedaba de aquel deslumbramiento inicial, cuando pensó que Romagosa lo ayudaría a cambiar el mundo.

–Mi querido profesor, años sin verlo –dijo Antonio.

La voz no sonó a reproche, más bien era de agradable sorpresa. Estaba casi perdido atrás de los papeles del escritorio, con una pluma en la mano y unos anteojos gruesos que aumentaban el tamaño de sus ojos.

–Vengo de la casa de Francisco –dijo Romagosa.

–Parece mentira que todavía no haya remedio para una enfermedad tan popular ¿no?

–De todas maneras, cuesta digerir sus ataques de sinceridad.

–El mundo cuesta. Por eso hay que ir separando

a los sinceros como fruta picada. Una vida hecha sólo de verdades sería intolerable.

Romagosa cambió de tema.

–¿Qué sabes del interventor que envían a la escuela? –preguntó.

–Que lo habías pedido tú.

–Yo no pedí nada. Lo único que quiero es enseñar tranquilo.

–Precisamente por eso.

–Vamos, Antonio. La presencia de un interventor me deja manchado.

–Pero lo que tú pretendes no es de este planeta: levantarte un día, abrir la puerta y ver que han bajado al General del caballo y te han puesto a ti.

–Ahora resulta que todos me dan sermones. No pretendo favoritismos, Antonio, pero sí que dejen de pensar en la equidad y hagan justicia.

Antonio rió.

–Relájate y hazle caso al interventor –dijo.

Los registros oficiales confirman que el interventor Madrid estuvo dos semanas en la ciudad. Quienes lo vieron llegar lo describieron totalmente distinto a Bavio. Madrid era una persona timorata que probablemente pretendiera llegar a un entendimiento rápido y volverse a casa. Sin embargo, en su primer día de trabajo dictó la suspensión por tiempo indeterminado de Romagosa, de la Moreno y de María Haydée. Los pocos memoriosos que aceptaron hablar conmigo recordaron que no había quedado nadie sin tomar partido y que Madrid tuvo que encerrarse en su hotel, como antes lo había hecho Bavio, porque no soportaba las presiones.

La mañana en que el interventor iba a comunicarles la resolución, Romagosa se levantó más temprano que de costumbre, se afeitó y se vistió con su traje de alpaca negro. Cuando pasó por el espejo del dormitorio vio a un hombre distinto, sin la carga del pasado que el original llevaba encima, y pensó si podía hacer algo para apoderarse de esa imagen. Luego le pidió a la Rosario que le llevara el desayuno a la biblioteca y antes de salir leyó un libro de citas de preceptores romanos. La Moreno y María Haydée lo esperaban en el salón de la escuela. Parecían tranquilas, demasiado para el gusto de Romagosa. A las ocho y media en punto, Madrid los llamó al despacho y los hizo sentar en semicírculo, mientras él permanecía de pie detrás del escritorio.

–El texto que voy a leerles –dijo– lleva la firma del ministro de Instrucción Pública, doctor Joaquín Víctor González. Si alguno de ustedes deseara presentar alguna objeción a su contenido, deberá hacerlo ante las autoridades de gobierno. Mi tarea acaba en este acto.

María Haydée miró a la Moreno como si esta vez pretendiera lo mismo que ella. Madrid leyó: "Visto y considerando que no resultan probadas faltas previstas por el reglamento, sino más bien un conjunto de desinteligencias, susceptibilidades, recelos y desavenencias que constituyen un verdadero peligro para la disciplina del establecimiento; que los juicios definitivos formulados por algunos profesores no comprometen en lo más mínimo ni la competencia profesional ni la honorabilidad de la directora, la vicedirectora y el profesor de Historia y Geografía; que las condiciones de preparación y carácter de los afectados hacen más sensibles las divergencias entre ellos y, por lo tanto, difíciles de eliminar por decreto, recomendaciones o consejos; que una escuela destinada a formar maestras debe fundarse sobre la capacidad directiva y técnica de su personal docente y que, en esto, la señorita directora ha sabido mantener el ejemplo..."

En ese punto se detuvo.

–Quiero recordarles que el decreto no lleva mi firma.

–Por favor –intervino la Moreno–, a todos nos vendría bien terminar con esto.

Madrid continuó: "...que dadas las reconocidas aptitudes de la directora, las que pueden ser utilizadas con gran ventaja para el progreso general de la enseñanza normal de la Nación en los institutos en los cuales no existan los inconvenientes revelados en esta ciudad, y habiendo una vacante de dirección que debe ser llenada urgentemente por una persona de verdadera preparación y experiencia, el ministerio decreta: Pase la señorita Trinidad Moreno a desempeñarse en la dirección de la Escuela Normal de Maestras de Concepción del Uruguay, provincia de Entre Ríos. Nómbrase a la señorita Julia Funes, nueva directora del establecimiento de esta ciudad. Firmado, Joaquín V. González, ministro de Instrucción Pública de la Nación. Mayo veintiocho de mil novecientos cuatro".

La Moreno se incorporó.

–Tienen amigos generosos –dijo, y salió de la oficina.

Romagosa y María Haydée saludaron al interventor y salieron juntos. Cuando lo notaron, estaban en la vereda, separados por la luz del sol. A él se lo veía satisfecho, como esa imagen fugaz en el espejo. Sonreía y pretendía que ella sonriera también. María Haydée disfrutaba de ese momento, de estar a un paso de abrazarlo frente al mundo y desafiar las consecuencias.

—No deberíamos estar acá —dijo él.

La vio pestañear y le pareció un ruego. No sabía qué decir, no le había ocurrido que una mujer le suplicara. Se inclinó hacia atrás y dejó entre ellos un espacio menos íntimo.

—Hoy ganamos —la consoló.

—Esperaba que fuese al revés —dijo María Haydée.

—No entiendo.

—Que nos hubiesen trasladado a nosotros.

Cuando se enteraron de la decisión, los periódicos destrozaron al gobierno. "El ministro González –escribió uno de ellos– se durmió al arrullo de las adulonerías de los aparceros políticos y como consecuencia las escuelas deben soportar las pruebas del desquicio, del desorden, de ese favoritismo venenoso que ya no ha dejado nada en pie". Romagosa no sabía dónde pararse. En aquella época, Emilio Caraffa lo retrató sobre un fondo de cielo negro y mar embravecido, aunque no estoy seguro de la fidelidad de esa imagen. A mi modo de ver, había conquistado la calma del náufrago que tras ganarle a la tormenta acaba en una isla a la que nadie llegará jamás. Sé que es fácil, ahora que conozco el final, asegurar que en ese entonces le quedaban chances, pero sé que el Gallego lo había anticipado. "Aún le quedaba la oportunidad de volver a España y vivir con su familia", me dijo. ¿Necesitará esta historia que se cuente si alguna vez a Romagosa se le ocurrió una idea semejante? El Gallego no le preguntó nada porque se habría echado encima la sospecha de una traición. Yo lamento decir que no lo sé. Lo lamento de veras. Y aunque hoy valga muy poco lo que yo creo, prefiero suponer que su regreso a Barcelona era una quimera, al menos con María Haydée en el medio. Además, ella se merecía su lugar en la historia, había permanecido a su lado el tiempo suficiente, había tolerado lo que su mujer no había podido tolerar, se había enamorado. No haberme dado cuenta de eso, fue un yerro de escritor. Hace poco me lo hizo notar un confidente de la familia Bustos. Vino a verme porque se había enterado de que estaba escribiendo la historia de Romagosa y me dijo que colaboraría conmigo si yo era capaz de aceptar una condición: mirar las cosas al menos una vez con los ojos de María Haydée.

Romagosa se había sentado a esperarla en la Plaza del Caballo, al pie de la estatua. Había llegado más temprano de lo previsto, para estar un rato a solas. Era curioso, pese a que el General había perdido un brazo en la batalla de Venta y Media, el escultor lo había hecho íntegro. A eso también le tenía miedo Romagosa, a su reputación después de muerto, a que un escultor desobedeciera sus órdenes. El General había sido claro: "Hombre soy, y muy sujeto a pasiones y errores, pero tengo en mi favor que se me conoce incapaz de una impostura. Jamás me acomodé a la época en que me tocó vivir". Pero le tocó morir, y le pusieron el brazo que había perdido. Romagosa lo miraba, calculaba por donde habrían entrado las balas que lo mutilaron, pensaba en su destierro, en su prisión, en la muerte de su mujer, en cómo habría hecho para encaramarse y mirar a sus victimarios desde el monumento. ¿Cómo había que hacer, General, para evitar la trampa? Supo que de todas maneras algún día se lo iban a llevar con caballo y todo adonde no pudiera verlo nadie, adonde las palomas lo cagaran más a menudo, y sintió una especie de consuelo.

Atardecía. El sol rebotaba en las hojas de los plátanos y le daba a la plaza el tono ocre del otoño. No había nadie en los alrededores. Cada tanto se escuchaba el trote de los caballos que pasaban sin detenerse. Entre los agujeros del paisaje, apareció ella. Lo conmovió verla así, de golpe, tan de amarillo, tan parte de todo lo demás. Hacía mucho que no se detenía a mirarla, años de cambios imperceptibles que había perdido en otros menesteres. Tenía la mirada más dura, menos triste, pero conservaba la expresión del primer día.

–¿Llego tarde? –preguntó.

–Llegas preciosa.

–Preciosa y tarde.

–Pensaba que hace diez años te di mi primera clase –dijo él.

Siempre recordaba esos aniversarios. El día en que cumplieron el primero, escribió un poema y se lo entregó junto con una evaluación sorpresa que, a propósito, le había tomado a la clase. El regalo se convirtió en un rito y nunca dejó de cumplirlo. Aquellos primeros versos fueron sencillos, pero al año siguiente pensó que también debían simbolizar el espíritu de la época. Entonces el poema fue creciendo en extensión y densidad, pero perdió la expectativa venturosa de los primeros tiempos.

La idea de esa ceremonia fue del Gallego. Romagosa le había dicho que estaba a punto de cumplir un año como profesor de María Haydée y él le contestó con un sarcasmo: "Escríbele algo, pues no creo que vaya

a haber otro tipo de aniversario para festejar".
Gracias a la ayuda de mi confidente, pude rescatar el
noveno poema, el último: *Nada nuevo hay en el mundo/
nada que pueda ser cierto/ nada vivo, nada muerto / salvo
el barro en que me hundo.*

—¿Hoy no tenemos poesía? —preguntó ella.

—Quise escribir, pero no pude.

—¿Por qué por momentos pienso que está todo
tan cerca?

—No lo está —dijo él.

—Esta plaza, el atardecer, usted y yo... nadie nos
hostiga ahora, todo lo que hay es nuestro. El tiempo,
el tiempo también es nuestro.

—Los que han estado en el desierto, después de
largas caminatas en las que ellos mismos no son más
que horizonte, dicen haber visto un río, una selva,
hasta el mar. Se alegraron por ello, recuperaron la ilusión y llegaron a correr rumbo al oasis. Gastaron las
pocas energías que les quedaban y tuvieron que sentarse a esperar un milagro.

—Esto no es un espejismo, es real. Los plátanos, la
gramilla, la estatua, nosotros dos.

—Pero no vamos a estar toda la vida en este lugar

–dijo Romagosa.

Dicen que la noche anterior ella había soñado que cabalgaban juntos, que tomaba las riendas y él se dejaba llevar. Luego, en medio de esa bruma que tienen los sueños, ella giró y percibió su aliento recio, pero él no avanzaba.

Oscurecía ahora, fuera del sueño, y en la plaza soplaba el viento. Ella se levantó, caminó hasta donde estaba él y lo ayudó a incorporarse.

–Margarita se llamaba la mujer del General –dijo María Haydée–. Se encerró a vivir con él en la cárcel. Y llegó a parir en sus manos.

–Pero ahora las guerras tienen otras armas. Te emboscan a plena luz del día, mientras te invitan con un trago. No sé pelear estas guerras. El General tampoco sabría.

Ella acercó la boca, como en el sueño, pero esta vez no esperó. Por razones distintas ninguno quiso interrumpir el beso. Hasta que se desvaneció solo.

–No hay que dudar más –dijo Romagosa.

Mi confidente me dijo que a partir de aquel día María Haydée asumió una conducta distinta de las anteriores. Volvió a ser la joven afable y servicial que había sido pero sus apariciones se redujeron a un mínimo. En la escuela casi no salía del despacho y en la casa bajaba de su habitación únicamente para las comidas. Las veces que sus padres se animaron a preguntarle si le pasaba algo escucharon pretextos disímiles. Por supuesto que le atribuían el comportamiento a la relación con Romagosa, pero ninguno se percató de la sutileza del cambio, excepto, claro, la persona que habló conmigo. Para ella, la conducta de María Haydée no era compatible con un acto de rebeldía. Cuando quise saber qué era, me dijo: "Ni a usted ni a mí nos hará bien empeñarnos en eso".

Días después del encuentro en la Plaza del Caballo, Romagosa pensó que debía hacer una última visita. Sus amigos se habían dispersado por el mundo cuando concluyó el gobierno de Roca y él necesitaba un interlocutor con la credibilidad suficiente como para difundir su planteo. Dio vueltas por algunos nombres hasta saber que Rodríguez Larreta estaba en su estancia. Pensó que podía ser una buena opción, era un intelectual al que respetaba y que en algún momento había sido generoso con él. Mandó un emisario y recibió una respuesta acorde a sus expectativas: "Disponga de mi casa y mi tiempo. Las visitas de amigos como usted son imprescindibles".

Llegó después de un viaje de varias horas, una tarde calurosa, desaconsejable para la charla que pretendía. Rodríguez Larreta lo entendió, lo hizo acompañar a sus habitaciones y le envió la cena para eximirlo de presentarse en el comedor. Por la mañana desayunaron bajo una sombrilla. Delante de ellos, el parque se extendía sobre una pequeña colina hasta llegar a un arroyo angosto y rumoroso. Rodríguez Larreta le contó que le habían aconsejado un cambio de forestación, pero que él había preferido dejar los árboles autóctonos para que no emigraran los zorzales.

—Acá arriba uno aprende a escuchar —dijo.

—En mi caso, no ha sobrado la gente que me entienda.

—El aire está lleno de voces, don Carlos. Hay que saber a cuál prestarle atención.

—No se preocupe. Sé del afecto que me tienen usted, González, Lugones. No es el diálogo cara a cara el que me ha condenado.

Les molestó el sol. Rodríguez Larreta se paró y le indicó un sendero hacia el bosque. Caminaron despacio, casi sin avanzar.

—Así es, don Carlos. Los individuos somos seres

racionales en la intimidad.

–Pero por lo general actúan en manada. No me cuento entre ellos.

–Piénselo bien. Son muchos los que deambulan en esa especie de purgatorio viviente que usted dice habitar. Se huelen, se rozan, pero no se encuentran. Quizás, quién dice, podrían 'formar otro rebaño.

Habían llegado a la sombra de unos eucaliptos.

–¿Leyó *El gran Galeoto*, de Echegaray? –preguntó Romagosa.

–Me avergüenza decirle que no.

–Le pido un favor, entonces: no se olvide de que fui yo quien le pidió que lo lea.

No creo en la teoría de la gota que rebalsó el vaso, creo que el final se había resuelto mucho tiempo atrás. Para el Gallego, sin embargo, el estancamiento de la querella judicial le impidió a Romagosa demostrar oficialmente lo que sucedía y eso precipitó todo. ¿Por qué le importaba tanto al Gallego tener razón? ¿Cuál era la clase de verdad que estaba buscando? Más allá de las respuestas posibles, de no haber sido por su perseverancia, los hechos que hoy estoy narrando hace tiempo que se habrían perdido. A tal punto fue pertinaz, que unos días después de aquel 8 de junio de 1906 se animó a preguntarle a la Rosario si era cierto que no había visto entrar a María Haydée, como le dijo a la policía. Cuando la vio ruborizarse, sintió que tenía la oportunidad de conocer detalles que al parecer lo atormentaban. Le juró a la Rosario que guardaría su relato como un secreto de confesión y la consoló diciéndole que la tragedia no hubiera podido evitarse de ninguna manera.

Esa mañana, Carlos Romagosa se levantó bien temprano, se lavó, se perfumó y abrió la ventana de la habitación. Las hojas escarchadas del duraznero del patio deben haberle recordado a Concepción, al cuidado que ella ponía para protegerlo del frío. Cerró. Se miró en la luna francesa del ropero, abrió la puerta y vio que colgaba, solo entre las perchas, su traje de alpaca. Se vistió, con moño y todo, y fue a desayunar a la cocina.

–Se lo ve contento hoy –dijo la Rosario.

–A usted no la veo bien –dijo él.

–Estoy un poco indispuesta nada más. Son cosas pasajeras.

Romagosa arqueó las cejas.

–¿Quieren tomarse el día?

–Gracias –dijo Benigna Arias–, pero se está más a gusto acá adentro, señor Carlos.

Le sirvió su café con leche, las tostadas y el dulce de zapallo recién hecho.

–¿Hace mucho que no ve a mi madre? –preguntó Romagosa.

–La última vez que me crucé con doña Delfina fue en Semana Santa, y ya estamos en junio.

–¿Le gustaría visitarla?

–Su madre es una buena mujer, patroncito.

–Ya lo creo, Benigna, ya lo creo.

Terminó de desayunar y le dijo a sus empleadas que tenía que hacer unos trámites por allí cerca. Salió sin abrigarse y afuera encontró a una vecina.

–¿Cómo está hoy, señor Romagosa?

–Marchando contra el viento, doña Emilia.

–¿Se enteró de lo del Palomita? Pobre, lo encontraron duro esta mañana, al pie del monumento.

–Se ve que se cansó de mendigar –dijo Romagosa.

Caminó varias cuadras. Cuando llegó a la vereda del Club Social levantó la vista hacia el primer piso y vio las ventanas cerradas. Entendió que no debía quedarse un segundo más. En la esquina dudó, pero al final giró a la izquierda. La Legislatura era un bloque de piedras que se le venía encima, el derrumbe de todo lo soñado. Había cerrado los ojos y un viejo vendedor de flores le palmeó el hombro.

–Se lo extraña –le dijo–. Los radicales estos son un poco intolerantes. Usted se las cantaba con más nivel.

Le costó quedarse allí. Tiritaba. Se levantó el cuello del saco y siguió camino. Cuando llegó a la Plaza Mayor, se sentó mirando a la Catedral. El sol apenas si tocaba la cúpula. Habrá pasado unos diez minutos así, viendo cómo, de a poco, la plaza se iba poblando.

–¡Carlos! –lo llamó el hermano del Gallego–. ¿Estás desafiando al clima?

–Había ido hasta el hotel a encontrarme con un amigo, pero debe haberse quedado dormido.

–¿Y tú cómo te sientes?

–Como si fuera el gran día de mi vida.

–Mi querido Romagosa –dijo Antonio–, te recuerdo de chavalito usando los mismos sarcasmos.

–¿Cómo está tu hermano?

–Lleva meses sin ver a nadie. Ni nos abre la puerta.

Romagosa lo miró a los ojos, esos ojos demasiado grandes detrás de las gafas, y volvió a hundir el mentón en el pecho.

–Salud, Antonio, tengo que seguir viaje –dijo.

Se cruzó de vereda y subió a un coche.

–A Pueblo General Paz. Al frontón de don Urbano.

El cochero interpretó que estaba apurado y azuzó al caballo. Romagosa se bajó de un salto antes de llegar.

–Espéreme, por favor –dijo.

Es probable que haya escuchado los ecos de los pelotazos y algún que otro aplauso. ¿Qué es ganar?, pensó.

El cochero le preguntó si le pasaba algo.

–Nada. Vamos nomás.

Se apeó en la vereda de su casa y pagó con un billete de los grandes.

–Quédeselo –ordenó–. Me ha tenido paciencia.

Esperó a que pasara un automóvil y cruzó la calle hasta la Plaza del Caballo. Dicen que lo vieron salir media hora después.

"¿Cuándo entró ella?", le preguntó el Gallego a la Rosario. "Debe haber sido un rato después que volvió él, porque yo escuché unos pasos distintos, al punto que creí que era la Benigna, pero la Benigna estaba atrás mío, buscando el orégano que se le había perdido". "¿Llegó y se encerró en el dormitorio?", quiso saber el Gallego. "Casi con seguridad, porque no vi a nadie en ninguna otra parte".

Romagosa recorrió las habitaciones de la casa deslizando la mano sobre cada uno de los muebles. En la biblioteca seleccionó un par de libros, leyó algunos párrafos, y los dejó abiertos sobre el escritorio.

Después se metió en su pieza y volvió a salir para comer, cerca del mediodía.

–¿Usted también escuchó los ruidos, señor Carlos? –preguntó Benigna.

–Los ruidos del alma.

–En serio le estoy diciendo, con la Rosario nos quedamos mudas porque las dos escuchamos lo mismo. Eran como pasos. Pensamos que se había metido alguien.

–Son los fantasmas que de vez en cuando nos vienen a visitar.

–Menos mal que no se metieron acá porque me iban a arruinar el guiso –sirvió dos cucharones y llevó el plato a la mesa de la cocina–. Aquí tiene. Callos, como le dice usted.

Romagosa se quedó mirando la comida.

–Le has puesto berenjenas.

–Me acordé de que alguna vez me las reclamó.

–Mi padre cocinaba los callos con berenjenas. Era para lo único que corría a mi madre del caldero.

–Pican, pero no hieren.

–Qué memoria, Benigna, qué memoria.

Terminó de comer y preparó una jarra de café. Les dijo a sus empleadas que iba a trabajar en el dormitorio, por si le agarraba sueño, y le dio un beso a cada una.

–Hoy se lo han ganado, señoras mías.

"¿Cuándo se puso a escuchar detrás de la puerta?", preguntó el Gallego. La Rosario se hizo la ofendida pero terminó admitiéndolo. Le dijo que seguía oyendo ruidos raros y que recién en ese momento creyó que podía estar María Haydée. "Nosotras pensábamos que la recibía cuando nos daba franco, porque nunca la habíamos visto por acá". Le contó que no estuvo mucho tiempo con la oreja en la puerta por miedo a que la descubrieran, pero que de todas maneras no era gran cosa lo que podía oír. Para que despachara todo de una buena vez, el Gallego le confesó que el único interés que lo guiaba era saber con cuánta culpa tenía que morirse. Entonces ella aflojó. "El señor le preguntaba si se sentía segura y la niña le decía que sí. La Benigna y yo pensamos que planeaban irse de la ciudad, y la verdad es que nos pusimos contentas. Siempre creímos que el señor Carlos se merecía ser feliz". Luego reconoció que se turnaron para averiguar algo más porque, como todos, querían descubrir hasta dónde llegaba esa relación. "Pero creo que no se desnudaron, señor Francisco, ¿no vio lo impecable que estaba el vestido de ella? Y él también, pobrecito, con el traje negro que cuidaba tanto. Después, la Benigna, pensando que en cualquier momento iban a abrir la puerta, salió de ahí y ya no volvimos ninguna de las dos".

Se sentaron al borde de la cama, ella más próxima al respaldar. Debe haber cerrado los ojos. O antes lo besó en la mejilla. ¿Habrá dudado Romagosa? ¿Habrá pensado en alguien más? Hacía tiempo que guardaba el Smith de cinco proyectiles en el cajón de la mesa de luz. Lo puso sobre la mano abierta de María Haydée y le ayudó a empuñarlo. De ella fue el primer contacto pleno con el arma, la primera sensación de que en breve se acabaría todo. De ella fue el primer miedo verdadero. Entre los dos llevaron el caño a su sien derecha. Por instinto tiene que haber tironeado hacia afuera, pero luego, la mano firme del hombre que amaba habrá puesto todo en su lugar.

La estampida fue feroz. La Rosario y Benigna Airas salieron despavoridas de su cuarto, y al tiempo que corrían, escuchaban los alaridos de Romagosa. En ese instante, sentado ante el cuerpo y la sangre, mientras seguía vivo y aullaba de espanto, ya sin tiempo para arrepentirse o perdonar, habrá comprobado que era posible llegar al punto sin más allá, al verdadero infierno en el que la vida pierde todo significado. Tal vez, la imagen de una mujer muerta por su revólver era el impulso indispensable. Tal vez, de otra manera no se hubiese animado. La Rosario alcanzó a manotear el picaporte, pero Romagosa ya se había hundido el caño en el pecho. Disparó, y esta vez el grito no fue suyo.

Me mato por no poder unirme al hombre que amo, había escrito María Haydée. Romagosa, en cambio, estampó una frase lacónica: *Me mato.* Habían dejado las notas junto a dos sobres cerrados que la Rosario alcanzó a rescatar antes de que llegara la policía.

"El sobre de Romagosa tenía tres cartas –me dijo el Gallego–. Cuando nos cruzamos para reconocer el cuerpo, su hermano Ernesto me puso en el bolsillo la que escribió para mí. Tuve miedo, terror de encontrarme con un reproche que había estado eludiendo durante todos esos años. Pero cuando después del entierro me di cuenta de que yo también estaba condenado, me animé a leerla."

Mi muy querido Paco:
Lamento no poder despedirme de otra manera.

Sé que guardamos secretos que ninguno de los dos quiere conocer. Sé que te quedas en la vida (espero que por un largo tiempo) y que me llevo más de lo que esperabas que me llevara. Sé que quizás por eso no me perdones. En mi caso, no puedo hacer otra cosa que agradecerte el sacrificio que has hecho para poner distancia. Pero tienes que creerme, lo que ella y yo estamos a punto de hacer no podía evitarse.

Me consuela saber que el más allá no puede ser peor que esto. Vamos a estar bien donde estemos, juntos o separados. Como sea, nos habremos quitado las cadenas.

Cuando guarde esta nota en el sobre, no me quedará más que tomar el revólver. Las detonaciones harán ruido. Te cuento entre quienes van a propagarlo.

Con el afecto de siempre.

Carlos.

La carta sacó al Gallego de su encierro, y de su indiferencia. Si quedaba alguna cuenta pendiente, no era él quien debía pagarla. Lo que correspondía ahora era defender al muerto en el juicio final y los fiscales no eran gente razonable. Enviaban notas a los periódicos acusando a Romagosa de haber sido el instrumento de perversión de la juventud, le pedían al nuevo presidente que se suprimiera la corrompida educación normal, retiraban a sus hijas de la escuela.

–Hasta tuve que leer a Durkheim para justificar el suicidio –dijo el Gallego, de frente al sol de la finca que Romagosa había elegido para una de sus despedidas.

Rodríguez Larreta lo había convocado porque temía que el silencio borrara de la memoria de la ciudad a uno de sus habitantes más lúcidos.

–Pensar que me anticipó su muerte en la cara y yo no supe oírlo –dijo.

–En eso no es usted distinto del resto –opinó el Gallego.

–¿Ha leído *El gran Galeoto*, Francisco?

–Ni siquiera sé qué es eso.

–Romagosa me sugirió su lectura unas semanas antes del suicidio.

–Y usted no lo leyó sino hasta después.

–Es una de mis culpas.

–¿Y qué podría haber hecho?

–No lo sé. Haberle avisado a usted, por ejemplo.

El Gallego tomó aire y sintió un pequeño temblor que lo obligó a frotarse los brazos.

–Dígame, Enrique, ¿ese libro devela hasta dónde llegó la relación con María Haydée?

–Pues, a mi juicio, Romagosa pretendió usar el libro para defender su honor, aunque Echegaray sólo quisiera plantearnos una ambigüedad.

–Sigo sin entender.

–Le cuento lo del *Gran Galeoto* –dijo Rodríguez Larreta–. Por una serie de circunstancias literarias que no vienen al caso, el nombre de *Galeoto* pasó a ser sinónimo de murmurante. En ese sentido lo usó el autor en su obra. Cuenta la historia de un joven que, a la muerte de su padre, fue educado por un viejo amigo de su familia. Los *galeoto* echaron a correr la voz de que el joven tenía amoríos con la bella esposa de su tutor, y desde ese momento la desconfianza ganó su lugar en una casa en la que había reinado la armonía.

–Como si la hubiese escrito Carlos.

–A modo de reflexión, Echegaray incluye en la obra unos versos que me gustaría que leyera.

Le alcanzó un libro con una página señalada: *Yo tengo bien aprendido que lo que dice la gente, / con maldad o sin maldad, / según aquel que lo inspira, / comienza siendo mentira y acaba siendo verdad. / ¿La murmuración que cunde / nos muestra oculto pecado / y es reflejo del pasado, / o inventa el mal y lo infunde? / ¿Marca con sello maldito / la culpa que ya existía / o engendra la que no*

*había | y da ocasión al delito? | El labio murmurador ¿es
infame o es severo? | ¿Es cómplice o pregonero? | ¿Es ver-
dugo o tentador? | ¿Remata o hace caer? | ¿Hiere por gusto
o por pena? | Y si condena, | ¿condena por justicia o por
placer?*

   –¿Y entonces? –preguntó el Gallego.
   –Tenía talento nuestro amigo. Merece que se lo
recuerde por ello.

Mal que le pesara al Gallego, la respuesta perfecta no
existía. Esa clase de verdades que uno busca para
remediar todos los males de una sola vez pertenece a
un mundo ilusorio. Cuando supo que no iba a resolver el misterio, el Gallego se dio cuenta de que ni
siquiera en el final la vida iba a permitirle cortar el
cordón que lo ligaba fatalmente a los otros: a
Romagosa, a su hermano Antonio, a María Haydée, a
la historia de todos ellos. Como si fuese su galeoto, la
ciudad no había ignorado su afección y ni en los más
roñosos piringundines querían aceptarlo. De vez en
cuando lo complacía una puta vieja con la que se quedaba horas encerrado en la pieza. "Nos acostábamos
–me dijo–, y ella fingía que se quedaba dormida con
el brazo en mi pecho, y yo fingía no descubrir el

engaño y cada tanto le acariciaba el pelo. Hasta que también se acabaron mis deseos y ya no tuve que andar mendigando por una mujer. Y no sabe lo distinto que se ve el mundo cuando uno pierde el deseo, las cosas dejan de ser competencia y transacción, ganar y perder ya no tienen el mismo gusto".

El Gallego empezó a brotarse y a perder el tacto y el olfato.

–Me van apagando de a poco –le dijo a Ernesto Romagosa.

Habían adoptado la costumbre de ir cada tanto al cementerio, sin una frecuencia regular, sin llevar flores, y cuando llegaban a la tumba de Romagosa hablaban de todo menos de los muertos. Luego, mientras Ernesto quitaba los yuyos y bruñía la placa, el Gallego caminaba hacia el panteón de María Haydée y pasaba sin detenerse.

El domingo del segundo aniversario, Ernesto reveló que unas semanas antes de la muerte le había sugerido a su hermano que viajara a España.

–Y argumentó que no tenía recursos –dijo el Gallego.

–Le ofrecí ayuda y la rechazó diciendo que no

podría devolverme nada.

–¿Y por qué no intentó ir antes?

–Todos los héroes tienen su lado flaco –dijo Ernesto.

–Tuvo miedo de enfrentar a Concepción.

–Al hijo. Era con él con quién estaba en deuda.

La mañana estaba fresca. El sol apenas si se asomaba por el tapial del cementerio y hacía unos minutos que no eran los únicos allí. El Gallego tomó nota de que los observaban y bajó la voz.

–¿Nunca has tenido noticias de Carlitos Zélmar? –preguntó.

"Al menos hasta mi muerte mantenga esa convención", había ironizado el Gallego. Admito que, aunque no fuera una orden, haberla cumplido me sirvió, me sirve aún hoy, para conservar un mínimo de imparcialidad. Digo que aunque me ha resultado difícil escribir "el hijo", voy a mantener ese trato al pie de la letra.

El hijo les pareció a todos un muchacho ingenioso pero, a diferencia de Romagosa, satisfecho con la vida. A poco de llegar conoció la noche y las mujeres y abjuró de la política. Quería ser cantor. Pensaba que todo lo que alguien tuviera que expresarle al mundo debía hacerse con música, porque la música, decía, le da un sentido inequívoco a las palabras.

Aunque su adaptación al tango tuvo dificultades,

llegó a cantarlo tan decorosamente que después de varias presentaciones ocasionales comenzaron a contratarlo algunos cabarés. Los pocos pesos que obtenía mantenían viva la ilusión de independencia con la que partió de Barcelona, sobre todo después de comprobar que en la familia no había demasiada predisposición a sacarlo de sus problemas.

Con Ernesto las cosas resultaban distintas. El tío médico tenía casi su misma edad y era uno de los pocos que hablaba de Romagosa sin ponerse colorado. Gracias a él, consiguió permisos especiales para faltar a su trabajo en el corralón de Fernando los días posteriores a sus espectáculos, conoció más de una estudiante y siempre tuvo a mano un consejo para no perderse en la tierra prometida. Con el dinero era distinto. El hijo no negaba haber cruzado el océano atrás de una herencia, pero tampoco ambicionaba lo que no le correspondía por derecho. Rechazó sistemáticamente recibir una moneda mientras no proviniera de su esfuerzo o de los pocos bienes que por ley le había legado su padre.

Cuando tuvo su primer aprieto económico y no consiguió que le adelantaran dinero por futuras actuaciones, vendió la vajilla de lujo y un par de muebles, y empezó a desesperarse al comprobar que así y todo no le alcanzaba. Hasta que reparó en el cuadro que había pintado Caraffa, aquel Romagosa melancólico delante de la tormenta, ese hombre difuso que para él era un recuerdo contumaz, un párrafo en alguna carta, un nombre en una lápida.

–Este cuadro y el libro que escribió es lo único que queda de tu padre –le dijo Ernesto.

–Pero es mi vida la que debo resolver ahora.

–Tienes a tu disposición el dinero que necesites, pero el retrato no va a moverse de ahí.

–No terminas de entender. Tú tienes la vida resuelta, pero yo, cada vez que abro la puerta veo la figura de mi padre allí colgada, diciéndome qué cosas no debo hacer.

–Mira Carlitos, cuando obtuve mi título, mi hermano me escribió una carta de felicitaciones que era casi una declaración de principios. Decía que el espíritu tiene que vivir atormentado por la sed de saber, que el compromiso excluye la quietud. Pero esa divisa, a la vez que serena las conciencias, expone el corazón a las heridas. Eso es lo que dice el cuadro. Ese mensaje no es un legado, es un camino. Es el camino que eligió tu padre. No hay ninguna obligación de seguirlo.

Ernesto había visto a su hermano como a la

mayoría de los héroes, entre luces y sombras. Pero la muerte es tan ancha, tan abisal, tan ciega, tanta oscuridad devora, que lo único que sigue viviendo es el resplandor. Y eso era Romagosa, muerto, a los ojos de Ernesto: un resplandor. Entonces, pese a todas las prevenciones que tomaba para salvaguardar la autonomía del hijo, le resultaba inevitable erigir a Romagosa en guía, en la figura omnipotente a la que aspira todo padre alguna vez. Y quizás pensó que el Gallego podía ayudarlo en la construcción.

–Era un fiel amigo de tu padre.

–¿El que fue a verme a Perpignan? –preguntó el hijo.

–Al contrario. Él nunca habría ido a Perpignan.

–¿A qué se dedica?

–A esperar –dijo Ernesto–. Me parece que se dedica a esperar.

El Gallego los recibió en el umbral, durante una siesta de verano. Había esperado el momento sin mucha ansiedad, acaso porque temía desencantarse. Usó la humedad como excusa y evitó el abrazo. Le tendió, eso sí, una mano firme, todo lo firme que le permitían sus achaques. Se sentaron en la sombra de la sala, a salvo del calor y de las miradas incómodas. Sin embargo hubo algo entre el hijo y ese hombre encorvado, algo más allá de la prevención con que se trataban.

–Usted no ha regresado a por detalles, ¿verdad? –dijo el Gallego.

–Apenas si puedo decir que he regresado.

–En eso no es como su padre. Él creía estar seguro de a dónde ir.

–No parece haber llegado muy lejos.

El Gallego lo miró preocupado, pero no quiso resignarse.

–Cierta vez que fui a visitaros –le dijo–, usted dormía en brazos de su madre y nosotros conversábamos de alguna cuestión superflua, no recuerdo exactamente de cuál, hasta que en un momento su padre desatendió la charla y se quedó mirándole. Primero sonrió. Después se le dibujó un mohín de angustia y os dijo que únicamente necesitaba comprensión. Le pido que me dispense si mi memoria no es rigurosa, o si los años han ido fundiendo aquella imagen con mis apetencias, pero me atrevo a decirle que estuvo a punto de llorar.

El hijo se sintió agobiado por la insistencia del Gallego en hacerle vivir la tragedia de su padre, o pensó que la enfermedad lo obligaba a exagerar, lo cierto es que agradeció la historia y dijo que se le hacía tarde.

–Todavía hay tiempo –dijo el Gallego–, pero apréstese, porque estoy dispuesto a contarle mucho más.

El día en que finalizó su relato sobre la vida de Romagosa, el Gallego me encomendó encontrar la manera de difundirla. Durante algunas semanas trabajé duro en ese objetivo, ordené los apuntes, los cotejé con mis recuerdos y hasta me contacté con algunos escritores para adquirir un mínimo estilo literario. Pero no fue mi impericia sino las pasiones que aún se desataban alrededor del tema las que me convencieron de posponer el trabajo. Después, cuando intenté disculparme ante el Gallego, me informaron que había enloquecido por completo. Perdió la noción del entorno en el que vivía, desconoció a sus familiares directos, a sus amigos, y hasta se volvió dificultoso alimentarlo. Los chequeos médicos confirmaron que contestaba con datos erróneos a preguntas simples, que no recordaba los colores y que su sensibilidad a la temperatura y al dolor habían desaparecido. El juez declaró válida la conclusión médica sobre el "derrumbe de su personalidad moral", dicta-

minó que padecía una parálisis progresiva originada
por una infección cuyo tratamiento fue deficiente y
otorgó el manejo de su patrimonio a su sobrino
Nicanor. Me enteré de esto cuando ya me había aleja-
do del entorno de Romagosa, en busca de mi propio
horizonte. En aquel tiempo creía en un mundo menos
opaco, en el sol bien amarillo que pintábamos cuando niños, en el mar sin marejadas, en los ojos vivaces
de la gente. Pero hace treinta años de eso. Desde
entonces ha pasado una vida entera. Añoro esa
época, añoro sentirme liviano en medio de la tragedia, mantener distancia de los dolores, mirarme al
espejo y ver un rostro amable. Pero algunos de mis
recuerdos resistieron a mi voluntad y ahora han
regresado. Los mares, la orfandad, aquel rostro impá-
vido ante la tormenta, esa noche en la que corrí a la
casa del Gallego y sin que nadie preguntara nada
pasé a la habitación, esa habitación sencilla en la que
estaba muriendo un hombre. Lo vi sentarse en la
cama unos momentos y luego caer de espaldas sobre
la almohada. Le vi la boca y los labios secos y llaga-
dos que se movieron sin decir nada. Vi su intento de
cerrar los ojos, de quitarse de encima mi expresión de
miedo. Vi que se inclinó hacia su costado y a duras
penas apagó la luz del velador. Vi la habitación ilumi-

nada por la llama de una vela y en el único gesto de complicidad del que fui capaz, abrí la ventana. Entraron algunos resplandores de la noche. Entró el aroma del naranjo y un hálito tibio que alcanzó a mover las sábanas. Lo escuché respirar aliviado. O eso me pareció. Y lo dejé solo.

Llevo años y páginas intentando no hablar de mí. No soy un hombre digno de atención y probablemente ese fue el motivo por el que acepté escribir la historia de mi padre. Es cierto que me entusiasmaba la idea de mezclarme en una vida tan cercana, pero cualquier observador deduciría que fue la necesidad de ser alguien la que me indujo a aceptar el trabajo: un pobre infeliz al que de pronto le encomiendan la llave de un tesoro. Porque a mí lo que me gustaba era salir de juerga y cantar tangos, que las mujeres me llevaran a la cama sin cobrarme, que los señores alabaran mi voz y por un rato se sacaran de encima a sus putas para aplaudirme. Es así que el único mérito de mi vida fue haber conocido a Gardel. Esa noche me dijeron que iba a visitar el cabaret y canté *Mi noche triste* con todo el entusiasmo que pude. Canté con los ojos cerrados y en un momento sentí su mano grande sobre el hombro y una voz que venía como de todas partes cantó conmigo... *De noche, cuando me acuesto/ no puedo cerrar la puerta/ porque dejándola abierta/ me hago ilusión que volvés.* Cerré los ojos con más fuerza todavía y seguí, guiado por esa voz, ese lazarillo que por fin me llevaba a destino. Cuando terminé, no quise mirarlo. Sabía que me esperaban un abrazo y una despedida, que me bajaría del escenario y volvería a ser sólo un muchacho que cantaba. Y así pasó. Gardel pidió un aplauso para mí y ya no volví a verlo sino desde abajo. Pese a todo, no fue cuando conocí su final de héroe que se me cruzó por la cabeza retomar la historia de Romagosa, sino casi tres años después, al enterarme de que Lugones se había suicidado. Como todas las mañanas, me había sentado en el bar a leer las noticias de la guerra civil y rogar que mi madre mantuviera en silencio su apoyo a los republicanos, y como no había terminado el desayuno seguí leyendo hasta que en la página diez encontré ese titular: *Murió el más grande de los poetas de nuestra lengua.* Quizás fue el recuerdo de la recomendación que le había dado mi padre, quizás porque se envenenó por una mujer, quizás por esa frase del obituario: "Lugones pasó de un extremo a otro con una especie de albedrío anárquico de admirable valor de rectificación y en esos retornos distintos observó la intransigencia del convencido", lo cierto es que lo sentí tan próximo, tan a mano, que me costó poco asociarlo a mi vida. Pensé, pienso, que van a escribirse cientos de biografías de Lugones, ensayos, novelas, artículos de prensa, pero que en ninguna de ellas va a figurar el nombre de Romagosa. El futuro de mi padre depende de mí. Sin embargo, no estoy escribiendo por el deber de hijo. Como tal no siento ninguna obligación. Mi padre fue un símbolo, alguien a quien doté de una personalidad y le inventé hazañas, una figura a la que de vez en cuando soñaba leyéndome o diciéndome lo difícil que era conseguir la comida de todos los días. Romagosa, en cambio, el del tiro en el corazón, está retratado en estas páginas.

"Ha muerto tu padre", me dijo mi madre cuando recibió el anuncio. Es verdad que pensé en la chance de heredar algo. Alguien que había sido diputado durante nueve años en un país tan extenso, no podía morir a la intemperie. No me culpo por reaccionar con esa frialdad, tenía apenas dieciocho años y ningún recuerdo de su cara. "¿Y de qué murió?", le pregunté, y ella me dijo: "Murió, es todo". No sé qué pasó con mi madre desde que resolvió regresar a España. Es decir, la he visto por años levantarse, cocinar, cuidar de mí, pero no he sabido más que eso. No supe si lo extrañaba, si alguna vez tuvo deseos de volver, si lo olvidó. Por eso fue inevitable que al escucharle anunciar su muerte, le preguntara qué sentía. "Habrá visto que en todos estos años me he desvelado por mantener mi opinión lejos de su alcance –dijo ella–. La muerte no es suficiente razón para cambiar de idea". Mi madre no objetó en absoluto que yo la dejara sola y hasta me permitió marcharme sin prometerle nada. Después, cuando comprobé que mi padre no había dejado dinero, ni casas, ni tierras, le aconsejé que no viniera conmigo. ¿Por qué me quedé aquí entonces, lejos de todo y sin nada en las manos?, es una pregunta que no podría responder. Lo hice y aquí estoy, cerrando esta historia. Alguna vez leí que cada individuo nace más o menos igual al resto y que las circunstancias que le toca vivir, sus esperanzas, sus desdichas, su pertenencia a un tiempo y a un espacio, van creando a la persona. El individuo que portaba la anatomía de Mozart fue enterrado en una fosa común hace un siglo y medio. La persona que se desarrolló en su seno nos sigue maravillando con el réquiem en re menor. Pero mal que le pese al individuo, mal que le pesara a Romagosa, la persona que él ha ayudado a modelar, no le pertenece. Por más que el cuerpo sufra y llore y grite y se resista, lo que trasciende de él es obra de todos. Mozart es obra de los sonidos de la naturaleza, del creador del pentagrama, del inventor del piano, de los que admiramos su obra, de músicos que lo antecedieron y sucedieron, de los indiferentes. En cuanto a Romagosa, estoy a punto de poner sus entrañas a consideración del resto. Falta un último detalle. El día que mi madre me dio la noticia de su muerte me entregó también un sobre. Recuerdo haberme quedado un rato sin abrirlo, esperando una autorización, pero ella no levantó los ojos de los platos que estaba fregando. Me encerré en mi cuarto, me recosté y empecé a leer:

Mi querido hijo:

Si todo ha sucedido como lo he previsto, a esta hora estoy mirándolo desde más cerca. En las cosas que han sido publicadas encontrará las razones de mi decisión, razones que me han faltado para creer en un mundo menos hostil.

Cuando tenía su edad, Castelar me advirtió sobre lo difícil del camino y sobre el riesgo de tomar las armas de nuestros enemigos. Pero en aquellos tiempos de ideales tangibles, el camino era sólo un medio. Allí radicó mi error: perseguir un objetivo sin darme cuenta de que ya lo había alcanzado. Nunca me aparté del rumbo.

Es todo cuanto puedo dejarle. Espero que le sirva para recordarme con indulgencia.

Me hubiese gustado no desairar a mi padre. Pero ahora que han pasado los años, ahora que para adelante tengo tan poco y estoy obligado a mirar hacia mi punto de partida, me cuesta saber por dónde he caminado. Tal vez por eso me aferro a estas páginas que no me pertenecen del todo, a la imagen del Gallego pretendiendo darme un pasado, al retrato de mi padre mirándome con su tormenta al hombro. Sé que no alcanza, que haber contado su historia no me redime, pero no hay otra cosa que pueda dejar. Para todo lo demás es tarde.

Nota del Autor:

Carlos Gerónimo Romagosa nació en la ciudad de Córdoba, Argentina, el 30 de septiembre de 1864 y su inscripción figura en el libro 17, folio 125 del registro de bautismo de la parroquia Catedral. Fue inscripto con el nombre de Carlos Gerónimo Solobur, hijo natural de Delfina Solobur.

José Romagosa y Delfina Solobur se casaron el 19 de diciembre de 1869, en la casa del vicario general, Eduardo Ramírez de Arellano, tras lo cual, Carlos obtuvo el apellido Romagosa.

Según los registros del Arzobispado de la ciudad de Córdoba, José Romagosa era natal de Cataluña, hijo de José Romagosa y Francisca Vendrell y Alsina. Delfina Solobur figura como nacida en la ciudad de Córdoba, hija natural de Carmen Solobur.

Carlos Romagosa y Concepción Vendrell se casaron el 11 de abril de 1885, en la ciudad de Córdoba.

Carlos Roberto Zélmar Romagosa nació el 16 de febrero de 1888 en la ciudad de Córdoba y fue bautizado el 6 de marzo del mismo año, oficiando como padrinos José García Fernández y Dolores Termes de Vendrell.

María Julia Haydée Bustos nació en Córdoba, en febrero de 1881. En los registros de la Escuela Alejandro Carbó (en un principio Escuela Normal de Maestras), figura como integrante de la promoción 1897. Era hija del abogado Tristán Bustos, director del Banco de Córdoba y miembro del Superior Tribunal de Justicia, y de la señora Evelina Ocampo.

Fernando Romagosa, de profesión ingeniero, nació en octubre de 1874. Ernesto Romagosa, de profesión médico, nació en 1883.

En el Archivo histórico de la provincia de Córdoba figura el expediente del doble suicidio de Carlos Romagosa y María Haydée Bustos, ocurrido el viernes 8 de junio de 1906, en el dormitorio principal de la casa ubicada en la calle General Paz 324, frente a la entonces llamada "Plaza del caballo", en donde se encontraba el monumento al general José María Paz, hoy situado en el Parque Autóctono de la ciudad de Córdoba. El cuerpo de María Haydée Bustos es hallado con un disparo de revólver calibre 9 milímetros en la sien derecha y su muerte se produjo ya entrada la madrugada del sábado 9 de junio. El cadáver de Carlos Romagosa tenía un disparo del mismo calibre, ubicado un centímetro debajo de su tetilla izquierda.

Francisco Rodríguez del Busto fue el menor de tres hermanos oriundos de Galicia. Antonio, el mayor, fue un importante emprendedor del medio local: terrateniente, director de medios periodísticos y jefe de policía durante la gobernación de Marcos Juárez. Francisco fue uno de los dos padrinos de duelo de Carlos Romagosa, en el lance frustrado con el senador Gerónimo del Barco. Integró la nómina del comité de bienvenida del poeta nicaragüense Rubén Darío, ocurrida en 1896, en el marco de la cuál su hermano Antonio fue expulsado del Ateneo Literario. Murió de sífilis.

En 1904 se abrió un proceso judicial ante la denuncia de la entonces directora de la escuela Normal de Maestras, Trinidad Moreno, luego de que el profesor del establecimiento, Carlos Romagosa, escribiera en un periódico local que ella se había apropiado ilegalmente de una carta personal. El proceso finalizó sin sentencia luego de la muerte de Romagosa.

Carlos Romagosa fue diputado provincial durante tres períodos consecutivos, desde 1892 hasta 1901. En 1898 publicó un libro de sueltos llamado **Labor literaria** que luego fuera corregido, aumentado y reeditado bajo el nombre de **Vibraciones Fugaces**. Prologó un libro de antología poética americana con poemas seleccionados por él.

Algunas referencias al mecenazgo literario ejercido a favor de Leopoldo Lugones figuran en los libros **Lugones** y **Cronicones dolientes de Córdoba** de Arturo Capdevila.

Leopoldo Lugones era inspector general de Enseñanza cuando Trinidad Moreno inició la querella contra Romagosa en 1904, en los últimos meses del segundo gobierno de Julio Argentino Roca. El ministro de Instrucción Pública era Joaquín V. González.

La sanción de la ley de educación laica ocurrió en 1884 bajo la primera presidencia de Roca y el ministerio de Eduardo Wilde.

En 1867 la provincia de Córdoba sufrió una epidemia de cólera que diezmó considerablemente la población.

El episodio con el falso anuncio de la rotura del dique sucedió en 1892. Los constructores del dique, el médico y abogado español Carlos Bialet Massé y el ingeniero argentino Carlos Cassafouth fueron apresados y dejados en libertad tras once meses de prisión por decisión del Tribunal Superior de Justicia de la Provincia, uno de cuyos integrantes era el doctor Tristán Bustos, padre de María Haydée.

Julio Argentino Roca fue presidente de la Nación en

dos períodos. Entre 1880 y 1886 y entre 1898 y 1904.

Miguel Juárez Celman fue gobernador de Córdoba entre 1880 y 1883 y presidente de la Nación entre 1886 y 1890, año en que renunció.

Marcos Juárez, hermano de Miguel, fue elegido gobernador de Córdoba en 1889 y renunció un año más tarde.

Gerónimo Del Barco llegó a ser gobernador en 1921.

Al momento de la muerte de Carlos Romagosa y María Haydée Bustos, gobernaba Córdoba José Vicente Olmos. José Figueroa Alcorta era el presidente de la República.

Emilio Castelar fue presidente de la Primera República española en 1873. Su primera medida fue suprimir los títulos de nobleza. Nació en Cádiz en 1832 y murió en Murcia en 1899.

Agradecimientos:

- Archivo Histórico de la Provincia de Córdoba.
- Biblioteca Mayor de la Universidad Nacional de Córdoba.
- Archivo del Arzobispado de Córdoba.
- Archivo histórico y hemeroteca municipal.
- Biblioteca Córdoba.
- Dirección de Catastro de la Provincia.
- Archivo de La Voz del Interior.
- Archivo de la escuela Alejandro Carbó.
- Club Social de Córdoba.
- Prudencio Bustos Argañaraz.
- María del Carmen Ferreyra.
- Dolores y Ernesto Romagosa (nietos de Carlos) y familia.
- Soledad Oliva, Nelva Manera, Manolo Lafuente, Alberto Mateu, Rubén Goldberg.
- Carlos Presman, Carlos Paz, Jorge Londero, Carlos Gazzera, Roberto Battaglino, Fernando López.
- María Teresa Andruetto, Rogelio Demarchi, Cristina Bajo.
- Tamara Stemberg, Pablo Kaplun, Miguel De Lorenzi, Tomás Vera, Raúl Carballo.
- Ana María Degliuomini, Guillermo y Constanza Cuadrado.
- Daniela Reverte.

Impreso en *Alejandro Graziani S. A.*
en el mes de Diciembre de 2006.
Córdoba, Argentina.
Tirada de esta edición: 1.000 ejemplares